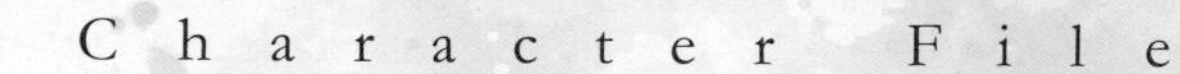

姚令瑄

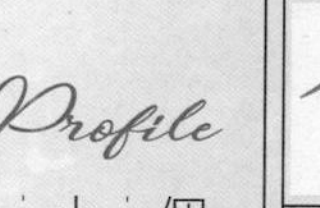

個頭嬌小可愛，但內心溫柔堅強。

小時候跟父母一起生活在妖怪與人類共存的小鎮。

擁有不凡的能力，心願是希望所有人和妖怪都可以透過努力獲得幸福。

高三畢業生

162㎝

「你已經成為人類與妖怪之間的橋梁了。」

Character File
林隱逸
Profile
失去味覺的少年。
十歲開始看得見妖怪，從此與好運絕緣，無論怎麼努力都會失敗。久而久之，便漸漸放棄選擇，只是隨波逐流地活著。
高三畢業生
177cm
「從今天開始，我不再只是過客。」
Missing Memory

GOBOOKS
& SITAK
GROUP©

三日月書版

三日月書版

M O N O K E R Y O T E I
著
微混吃等死
畫
iren
妖怪料亭
Missing Memory
1
三日月書版
輕世代 FW350

M O N O N O K E
R Y O T E I
妖怪料亭
もののけりょうてい

目次 Contents

0

這個世界的顏色

M O N O N O K E R Y O T E I

玉溪鎮座落在山與海之間。

小鎮前方是一望無際的碧藍海洋，後方則是連綿不盡的翠綠群山。

山中茂密的原始森林遍布。

此地長久無人踏足，因而散發出神祕且幽靜的氣息。

在很久以前，這裡因為能通往茂密的森林進而形成聚落。

時間緩緩流逝著，但任由歲月流淌，無論小鎮風貌如何變遷，玉溪鎮依舊保留了悠哉愜意的慢步調生活。

樸實的街道風情，鄰里間熱絡的閒聊，放眼望去一望無際的農田與悠然的青山綠水，還有背後那浪潮洶湧的蔚藍海洋。

無一不吸引人。

高三升上大學的暑假，我從臺北回到老家。

玉溪鎮的空氣清新乾淨，蔚藍的天空總是讓人心情瞬間變得愉悅放鬆。如果能愜意地漫步在田埂之上，更是讓平凡的日子顯得慵懶而自在。

前方的湛藍海洋和身後的黛色群山，彷彿正溫柔地擁抱著這座小鎮。

今天是回來老家的第二天。

我坐在家裡的客廳，敞開了面朝稻田的拉門。

叮鈴——微風徐徐吹動門邊的風鈴。

拉門外有一道沿廊，夏天時可以坐在沿廊上吹著微涼的夏風。而沿廊外就是鄰居種植的稻田與花田，一路延伸到平原彼方的山腳下。

金黃色的稻穗豐滿低垂，隨風搖曳。

冬末春初時插秧，現在正好是豐收的時節。

這個暑假，我有大把的時間可以荒廢。

玫瑰色的青春即將落幕，在步入未知色彩的大學生活前，這是最後一點無所事事的慵懶時光。

我雙手插在口袋，從客廳的矮木桌邊離開，走向沿廊。

目光從稻田和花田一路蜿蜒至遠方的群山，與時不時遮蓋了山稜線的雲層。

「好美。」

直到一隻紫綬帶——一種稀有的過境鳥——啪啪啪地揚起翅膀，悠悠地降落在沿廊上。

紫綬帶是一種顏色非常漂亮的鳥類。

眼前這隻個頭嬌小，腹部雪白，靛紫色漸層暈染著背部的羽毛，而最特別的是牠鈷藍色的眼圈和短短的可愛褐尾。

雖然很美，但我瞇起眼睛望著牠。

一根羽毛落下。

隨後一陣霧氣緩緩隱去了牠的身影。

再次現身時，那隻降落在沿廊的美麗過境鳥已經不見了。

取而代之的，是一位高䠷纖細的女性，身穿一件寬鬆的淡紫色長版T恤。

只見她正理所當然地穿過沿廊，直入客廳。

我還以為她會跟我打聲招呼。

這次卻連招呼都免了。

她哼著歌，心情看似不錯，不知道是不是又吃到了什麼好吃的東西？

只見她腳步輕快地走向放在客廳角落的餐桌。

餐桌上放著手沖咖啡的器具與幾包咖啡豆。

對了，我本來要沖咖啡喝的呢。

「早啊，林隱逸。」她忽然拋出一句。

「……早。」

「幹嘛那樣看著我？怎麼了，想喝我親手沖的咖啡嗎？」

「林梟，妳是不是把這裡當成妳家了？」

「不是嗎？」

她刻意露出無辜的笑容。

我在心裡翻了翻白眼，把注意力從沿廊外的稻田風景轉向室內。

午後的陽光映入鋪著榻榻米的客廳，窗邊與牆邊，無數緩慢飄浮的灰塵粒子正閃耀著點點光輝。彷彿身在玉溪鎮，所有事物的步調都跟著變慢了。

「林隱逸，回到老家，你有什麼想做的事嗎？」

「有啊。」

「是什麼？」

「無所事事地度過這個暑假，在這裡。」我半開玩笑地回道。

「希望能這樣囉。」林梟拿起手搖磨豆機，「要喝什麼豆子？」

我看了一眼桌面。

大部分都是我跟林梟一起從臺北帶回來的豆子。

但嗜咖啡與美食如命的林梟，不知道從哪裡又變出幾包我沒看過的品種。

薇薇特南果，高山的莊園豆。

衣索比亞的耶加雪菲。

近期評價非常高的哥倫比亞水洗瑰夏咖啡豆。

我拿起用亞麻袋盛裝的咖啡豆。

隔著布料，依然能聞到咖啡豆富有的花香和柑橘氣息，十分清新。這細緻的味道餘韻悠遠，幾乎奪走了我的注意力。

天啊。

我回過神，咳了一聲。

「瑰夏咖啡豆，林梟，妳從哪裡叼回來的？」

「注意你的用詞。」聽見我若有似無的嘲諷，林梟白了我一眼，「我是跟別人買回來的。」

「就喝瑰夏吧，這支最近不是很紅嗎？」

「可以。」

林梟點頭，略微骨感的手拆開了亞麻袋的封口，一股強烈的花香與果香瞬間散開。

香氣撲鼻。

幾乎無法形容這味道的美妙。除了剛摘下的藍莓與水蜜桃，也有典型果香咖啡豆必有的柑橘和檸檬。

一座粉色花園瞬間在我眼前展開。

那裡好似四季如春，只要人們踏入，就能感受到布滿空氣那股讓人怦然心動的餘韻。

林梟把豆子盛在手心，再小心翼翼地倒入手搖磨豆機。

喀喀喀喀喀——她開始轉動搖桿，把瑰夏咖啡豆一一磨碎。

咖啡豆的粗細會影響風味，所以每一粒咖啡粉都應該盡可能研磨得大小一致，讓風味更加均衡。

當咖啡豆細細研磨完畢，空氣中的香味似乎得到了進一步的昇華。

林梟把濾紙放入濾杯，淋了一圈熱水，再將咖啡粉緩緩倒入其中，輕輕鋪平。接著，她專注地拿起細口壺，準備要往濾杯裡注入熱水進行悶蒸。

「林隱逸。」

她輕喚了聲，並搖搖細口壺。

瞬間明瞭她意思的我，動作迅速地去客廳的另一角拿回熱水壺。細口壺重新注滿了滾燙的熱水，她稍等了幾秒，等到溫度些許下降，八、九十攝氏度是最適合咖啡的溫度。

林梟張大了雙眼，專注地盯著濾紙裡的瑰夏咖啡粉。

熱水沿著細口壺流淌，在濾紙裡形成一個小湖，咖啡粉快速地隆起成一座小山丘。這個步驟能把咖啡豆裡的美味徹底釋放。

沒有泡沫，完美的萃取。

帶點透明的深咖啡色，從濾杯下方滴入咖啡壺。

空氣間滿是瑰夏咖啡豆馥郁的香味，萃取後的氣味，又多出了淡淡的荔枝甘甜。

那是關於夏天的美好風味。

「林梟，妳買這支咖啡豆花多少錢啊？」

「你趕快把暑假該畫的東西畫一畫，我們就可以買很多了。」

「……是喔，也對。」聽起來怎麼怪怪的。

「喝吧。」

林梟雀躍地遞了一杯瑰夏給我，她自己手裡也有一杯。

嗯，美好的一天由咖啡開始。

我喝了一口，隨後坐回客廳的矮桌前，把咖啡杯放在一旁。

桌上散落著幾本書、一大本畫冊還有幾支筆。

這個暑假我答應要幫人畫一幅畫，一幅關於玉溪鎮的畫。委託人似乎很想看一看這座保留舊時代生活步調的隱密小鎮。

即使我出生在玉溪鎮，但其實在很久之前，我就只有在長假時才會回來了。多數時間，我都待在北部。

會隨風搖擺，被風一陣陣壓下，再一一回彈的稻穗。

清澈的河渠，四處看得到小螃蟹跟小青蛙。

一座座隱蔽的水坑，偶爾還能看見小魚在裡面悠然地游著。

這些兒時的記憶，都已成為過往雲煙。我說不出來，也無從在意，因為那些東西早已一去不復返了。

林梟晃悠悠地坐在木桌邊，將一雙長腿向前伸展。

她究竟是人還是紫綬帶?我想只有她自己知道。

「林隱逸。」

「嗯。」

「我如果叫你畫快點，這樣我才能去買咖啡豆，你會不會揍我？」

「喝什麼咖啡，去喝自來水啦！」

「嘿嘿嘿。」

林梟開心地笑了，發自內心。

她留著一頭烏黑的鮑伯短髮，略長的髮尾在頸後綁成一束低馬尾，露出她白皙的後頸。

就像紫綬帶一樣，她有著圓潤的頭型，額前的瀏海微微分向左側。耳畔的捲曲髮絲隨意地垂落，十分輕盈，帶了點凌亂，卻有股率性的自然感，很適合她。

「好吧，我其實是想問你。」

「說。」

「你還是只有喝咖啡的時候，才能品嘗到味道嗎？」

我微微一愣，直視著她的雙眸。她正輕啜著瑰夏咖啡，屏息等待我的回應。

良久，我嘆了口氣。

「是啊。」

瑰夏咖啡的果香尾韻極長，綿密微酸的口感潤飾了那份苦楚。

林梟沒有說話，只是輕啜著咖啡。

穿過樹梢的點點陽光照映著初夏的沿廊。

我埋首於工作桌，時不時把視線探向屋外的稻田與花田，還有更遠的、綿延的青山。

不同於坐在桌前思考的我，林梟叼回咖啡豆之後就沒事做了。

她呈大字形躺在沿廊上。

雙眸閉起，隨著呼吸，她的胸口正微微起伏著。

說起來，她可以變成紫綬帶。

那是一種稀有的過境鳥，其實根本不該在臺灣生活。但她居然能過得如此逍遙，還喜歡享受美食跟咖啡。

要畫什麼呢？

於我而言，玉溪鎮的象徵、形象和特色又是什麼呢？前有海，後有山，得天獨厚與世隔絕的環境，讓此地至今仍保有日治時期的街道風景和淳樸的小鎮風情。

可是我眼前的宣紙上，仍被一層撥不開的迷霧覆蓋。

撥不開，就畫不了。

無從下筆的我，再次隨意地看向屋外。

隨著日落，從大海方向映來的溫暖斜陽染紅了綿延的山群。那隻喝飽喝足的林梟已經不見蹤影，也不知道是走去哪裡還是飛去哪裡了。

眼見太陽就要落下，玉溪鎮的夜晚，多數的商店與攤販都不會營業。

應該出去覓食了。

我擱下畫筆，看向放在桌緣的咖啡杯。

——你還是只有喝咖啡的時候，才能品嘗到味道嗎？

是啊。

林梟跟我在一起混很多年了。

至今，她仍不時會問我這個問題，而我的答案始終一樣。

我離開屋子，在夜色降臨之前，把面對沿廊的拉門拉上。

從家裡走向鎮上比較熱鬧的街道只要幾分鐘。

玉溪鎮大部分的房子都是平房，頂多蓋個兩層，沒有高樓大廈。這裡的人的生活方式，也大多是日出而作、日落而息。

清閒而安逸。

走到鎮上唯一一座學校前的街道，那裡是小攤販的聚集地。

蔥油餅、鹽酥雞、炒飯、炒麵、粥品、涼麵等等小吃，在這裡形成了約莫十幾個攤位的小集市。

我點了份粥，雖然品嘗不到確切的味道，但填飽肚子也足夠了。

在等待製作的空檔，我看了眼手搖杯的攤位。

林梟那傢伙整天像喝美酒般沉醉在各式各樣的精品咖啡裡，真應該讓她也喝喝看其他飲料才對。

「你的海鮮粥好了，五十元。」

「喔，謝謝。」

我伸手接過海鮮粥。

玉溪鎮濱海而立，雖然沒有大力發展漁業，也沒有興建港口，但還是有一些漁民會出海捕魚。

時值夕陽尾聲，暖紅色的陽光把所有人的影子拉得極長。

天馬上就要暗了。

迎著夏季的晚風，我一步步往家裡的方向走去。

「……咦？」

不知道為什麼，走了一陣子後，我突然發現自己好像走錯方向了。

尷尬，已經七年沒有長住在這裡的我，其實對路也不是特別熟悉。

畢竟只有長假會回來玉溪鎮嘛。

要是有房子改建或修路，很有可能就會讓人不小心迷失。

我停下腳步，仔細看了看周圍。

看來，我正在某條小巷道內，應該只要找到正確的路回到大路上就好了。

此時，夕陽的餘光已經漸漸消逝，水泥牆構築的巷道正把我困在其中。

當橘紅的夕陽徹底隱沒，街道一瞬間陷入灰暗。

這裡甚至沒有路燈。

「有光……」

沒過多久，一輛大紅色、富有喜慶感的小攤販突然出現在巷道彼端。

可能是剛才光線太亮，夕陽的顏色又跟小攤販類似，所以我才一直沒有發現吧。

既然有人，走過去好了，還可以順便問問路。

走近一看，我忍不住笑了。

那是一輛賣古早味糖葫蘆的小攤販，在臺北的夜市裡這也是必備的小吃。

裹上糖衣的水果，正一串串插在糖葫蘆掃帚上。

「哇……」

我有多久沒看過糖葫蘆掃帚了。

那是一種用稻草嚴密編織的竹竿固定架，能把一串串做好的糖葫蘆一圈圈插進稻草的縫隙裡。

做好的糖衣容易沾黏，最好不要碰觸到任何東西。

於是將糖葫蘆插進直立的糖葫蘆掃帚中，是從很久很久以前就流傳下來的作法。

這輛大紅色的糖葫蘆小攤販很有復古感，讓人有點難以想像它存在了多少歲月。

小攤販的頂端，是類似屋簷的設計。紅磚片的屋頂下，黃色的燈光由上而下打向桌面。在夜幕初臨時，給人一股安定溫暖的感覺。

車身是明亮的大紅色，桌面也是一樣的顏色。

一共有三支糖葫蘆掃帚立在桌面上。

「老闆你好，有什麼水果？」

「這裡有剛做好的山楂、番茄還有李子。」老闆的聲音很溫和。

抬頭一看。

他的身高比我高上一截，身形纖瘦，臉上漾著從容的笑意。戴著一副細框眼鏡，是個很斯文的人。

「那我各要一個好了……」

好久沒吃到糖葫蘆，我想全部都吃看看。

這時，心裡忽然閃過那隻大字形躺在沿廊的林梟。要是不幫她買，被她發現很可能就要蹭我的糖葫蘆去吃了。

「呃，老闆，全部各兩個好了。」

「好的。」

老闆拿出紙袋，緩緩裝入六支糖葫蘆。

付了錢，接過紙袋，我開口問道：「老闆，這裡要怎麼走回大路上呢？」

「大路？你往前走就能看見了。」

「好的，謝謝。」

我拿著紙袋往前走，走沒多久，果然聽到了車子行駛的聲音。

很快地，我穿越小巷，走到了大馬路上。

這裡的路就簡單多了，我往回家的方向走去。不知道林梟在不在，要是不在家，倒也可以先把糖葫蘆冰起來。

在粥變涼前，我回到了家裡的客廳。

面對沿廊的拉門被拉開了一條縫隙，正透著涼爽的晚風。來自群山的風，正溫柔地吹拂著玉溪鎮。

看來林梟回來了。

這座客廳占地頗大，是當年長住在這裡的父母親手設計的。

有供平常使用的矮木桌，在角落還有一張餐桌。只是現在沒在用，被我堆滿了雜物。

面對沿廊的拉門可以隨時敞開，眺望寬廣無垠的田園風情，遠方的高山與藍天白雲也能盡收眼底。

我開始吃起海鮮粥，並把糖葫蘆放在桌上。

沒過多久，林梟留著鮑伯短髮的頭頂，像一根正快速生長的蘑菇般，從桌子邊緣探了出來。

她深邃的雙眼並沒有看著我，而是盯著桌上的糖葫蘆，並伸手拿了一串。

「林隱逸。」

「嗯。」

「這個東西我好久沒吃到了。」

「我也是啊，沒想到剛剛居然能在巷子裡看見賣糖葫蘆的小攤販。」

「在巷子裡賣？」

「是啊，店主還告訴我怎麼走回大馬路呢。」

「喔……」林梟坐直上半身，端詳糖葫蘆幾秒，隨後伸出舌頭舔了一下，「你不會是在夕陽快要下山的時候去的吧？」

「是啊，妳怎麼知道？」

「嘿，不要每天都趕在傍晚前才去買晚餐好嗎？勤勞點。」

「我可不想被妳這麼說。」

我一言她一語，我們輕鬆地閒聊，一邊配著那幾串糖葫蘆。

雖然現在的我幾乎吃不出糖葫蘆的味道。

印象中，糖葫蘆僅僅是把糖水煮化，覆蓋在水果上，就能讓水果的味道提升許多。晶瑩剔透的糖殼，能帶出酸酸甜甜的滋味。

我好像有點想起什麼了，雖然只是一種模糊的感覺。

「林梟，妳最近飛遠一點。」

「不要。」

「妳連理由都沒問！」

「嘿，憑什麼你叫我飛，我就要飛？」

「妳是喝太多吃太多，所以飛不高了嗎？」

林梟嘖了聲。

一個抱枕向我飛來。

我連忙邊笑邊說：「好啦好啦，我是想說，玉溪鎮山上應該有那種不為人知的祕境。那裡的風景一定很美吧。」

「你想畫嗎？」

「如果妳願意幫我，這樣我們就有更多錢可以買咖啡豆了。」

「可以，我就來幫你吧。」

林梟也十分直爽，馬上答應了。

她看了眼剩下的糖葫蘆，似乎沒有太多胃口，站起身拉開拉門。

隨後我聽到了一陣翅膀拍動的聲音。

林梟似乎又飛走了。

沒有一句再見。

林梟一直以來都是想來就來，想走就走，逍遙自在，無拘無束。

這讓我都有點羨慕了。

像玉溪鎮這樣日出而作、日落而息，每到夜晚周圍就會變得寂靜的小鎮，習慣了以後，心裡便會十分清靜。

這是在城市裡怎麼樣都無法獲得的平靜。

屋外隱約蟬鳴，偶爾會傳出夜行鳥類的鳴叫，剩下的就是風的聲音了。

我把吃完的東西收拾一下，開始了追劇的日子。

是時候該休息了。

七年前，我的父母還定居在這裡。

現在他們很少回來了。

這棟有著日式沿廊和榻榻米客廳的平房，平日基本沒有人居住。

每次長假回到老家，總要打開所有的窗戶與拉門，讓陽光湧入屋內，除去霉味，使空氣通暢。

光是拿吸塵器吸走房子裡堆積的灰塵都要花上大半天。

這次回來也不例外。

爸媽住過的臥室，裡頭的擺設基本沒有動過。

他們以前堆在房子的書本、筆記、衣物等等的私人物品，就像是被時光遺忘似地，永遠停留在這裡了。

起床一陣子的我，走到客廳的第一件事，便是拉開拉門。

和煦的陽光探向沿廊木板，也為室內帶來了自然光。

明亮而舒服。

從冰箱拿出昨天沒吃完的糖葫蘆，我咬下一顆番茄，看著客廳角落的櫃子。

裡面有好多書，也有不少從爺爺奶奶那一代傳下來的玉溪鎮文冊。

說不定有特別的東西呢。

我邊這麼想，邊打開塵封多時的櫃子。

一陣灰塵揚起，讓我打了個噴嚏。

我拿起一本叫《玉溪考據》的書，翻了幾下。

這是一本紙頁嚴重泛黃、被書蟲蛀掉不少的舊書。

讓人難以想像這本書究竟在這裡存放了多久。

從彼方的群山一路越過低垂的稻穗與花朵，吹進屋內的清風牽動了掛在拉門邊的風鈴。

清脆的聲音不絕於耳。

——想在美好的事物上花費大量時間，讓它們不再只是匆匆而過。

最近看的電影裡有這句臺詞，似乎是一個形象頗為文藝的長髮女導演執導的電影。

時間還早，我可以花大量時間讀完這本書。

於是我坐在矮桌前，認真開始閱讀。

《玉溪考據》大量描寫著玉溪鎮在日治時期的治理、民情、產業和本地居民的生活方式等等。

玉溪鎮後方的深山裡，有一條書中描寫的產業道路。

那條路我也聽過，只現在已經沒有人走了，但有時候還是會有外鄉人抱著冒險的心態前去探險。

「天啊……」

《玉溪考據》裡還寫了一條密道。

原來那條產業道路在中間還能轉彎。

那裡居然有鳥居。

穿過鳥居──那是連接神明居所與俗世的橋梁──繼續往前走，就能走向日治時代遺留下來的神社。

玉溪神社。

至於供奉的是什麼神？《玉溪考據》裡沒有寫出來，我也從來沒有聽長輩提及過。

「有點意思啊……」

我吐出一口長氣，滿意地闔上書本。

作為參考書目，我把它跟筆記本一起疊在桌上。

今天看到林梟的時候跟她說一聲好了。

隱藏在與世隔絕的深山裡，雲霧繚繞之地，從世人眼前消失百年的神社。

這樣的地方完全勾起了我的興趣。

想到林梟，我往沿廊外看去。剛才沉溺在《玉溪考據》裡，美好的時間總是過得特別快，一晃眼已經到了夕陽浮現的時刻了。

「啊，晚餐！」

後知後覺的我連忙帶上錢包和鑰匙跑出門，往熱鬧的小市集衝去。

認真來說，今天出門的時間甚至比昨天更晚。

黃昏時刻，等我到市集時，人已經不多了，有幾個小攤販甚至收攤了。

「老闆，我要一份牛肉炒麵。」

「要辣嗎？」

「隨便。」反正我也吃不出來。看到老闆疑惑的表情，在心裡自嘲的我又補了一句：「不要辣。」

「好的，稍等。」

夕陽映照在老闆臉上。

暖橙色的夕陽，今天隱藏在層層雲朵後方，光芒顯得有些灰暗。山的那一邊可能正在下雨，從這裡能看見群山頂端厚重陰暗的雲層。

這意味著今天的夜晚會特別黑暗。

老闆做好了炒麵，我伸手接過，同時沿著大路往回走。

邊走邊想，要是玉溪鎮通往群山的產業道路真的能找到那條密道，進而找到被世人遺忘的玉溪神社，那這個暑假，我就畫那個神社好了。

走著走著。

「咦……」

不意間，我發現自己又重新回到昨天的小巷內。這裡沒有路燈，而夕陽微弱的光芒比起昨天更是黯淡。

頓時，我被逐漸深重的黑暗包圍吞噬。

所幸定睛一看，那令人心安的大紅色、那臺由外表和藹溫和的老闆開的糖葫蘆小攤販依然出現在小巷裡。

店主可能住在這附近吧，才會想推車到小巷內賣糖葫蘆。

有光的地方，有人在的地方，就不需要害怕了。

我拎著晚餐走向小攤販。

跟昨天一樣，往前走就能走到大路上了。

要不要意思意思買串糖葫蘆呢？

我想了想，既然路過了還是買一下吧。

「晚安，老闆。」

「你好，是你啊，要買糖葫蘆嗎？」老闆認出了我，淡淡一笑。

「好啊。」我從糖葫蘆掃帚上，摘下了一串糖葫蘆，「今天我要一串番茄的就好了。」

「好的，一共三十元。」

「謝謝，你家的糖葫蘆很好吃。」

我拿著糖葫蘆越過小攤販，發現小攤販後方其實有兩張椅子。

一心想回家的我沒有多想，跟昨天一樣，只要沿著小路直走，走出小巷弄，就會回到大馬路上了。

只是跟昨天相比，今天這條小路更暗了。

左右兩側都是灰色的水泥牆，連一扇窗戶都沒看見。

黃昏時刻是陽消陰長的時間，在這個特別的時空之下，可能比深夜更加危險。我躊躇著下要不要換條路走，但其實我也不知道有沒有其他路。

在猶豫的時間裡，小路的彼端走來一個女孩。

一切事物在我眼裡突然變得緩慢。

她看似與我年紀相仿。

有著在黑夜裡依然亮眼的茶青色長髮，個頭嬌小的她，存在感卻隨著輕盈的腳步和有些微冷的神色逐漸變強。

晚風陣陣拂來。

她輕輕撩開遮住半邊額頭的瀏海，染上亞麻的冷色髮絲帶了點棕色與青色。她劃開了小路與巷弄間的黑暗，如一顆清冷的流星。

她路過我身邊時，瞥了一眼我手上的糖葫蘆。

「跟唐先生買的糖葫蘆？」

「唐先生？」

「就是前面古早味小攤販的老闆。」

「原來他姓唐，他做的糖葫蘆很好吃呢。」

「我也覺得，所以經常來買。他叫唐先生，在這裡賣糖葫蘆很久了。他們夫妻是玉溪鎮上第一個賣糖葫蘆的人。」

「他有妻子啊，我倒是沒有看到。」

來了兩次，都只有唐先生自己在那裡。

大紅色的推車後方，只有他一個人。

女孩指了指小路彼端，也就是她走來的方向，提醒似地說：「你這麼面生，應該不是住在玉溪鎮的人吧。」

「小時候比較常住在這裡……」

「喔？那我提醒你，快要晚上了，這裡晚上要是迷路，沒有路燈很難找到路，你快走出去吧。」

「嗯，我也是時候該走了。」

「再會。」

臨走前，我再次看向她的背影。

她先是輕輕擺了擺手，接著筆直走向唐先生的糖葫蘆鋪。

站在這裡，可以看見唐先生與她熱絡地打起招呼。

回到家裡，進入鋪有榻榻米的客廳。我把買到的炒麵隨意放在桌上，邊抽出糖葫蘆，眼角餘光邊習慣地看向沿廊。

要是林梟有回來，她一定會躺在那裡。

然而，今天面對沿廊的拉門沒有被打開，跟我出門前一樣緊閉著。

「居然還沒回來……」

我有些失望地拉開拉門，一個人坐到沿廊邊緣。

木板鋪成的沿廊，經過了整日陽光的曝曬，到現在坐起來仍有一點餘溫。在晚風陣陣的夜裡，帶來了一股暖意。

坐在沿廊邊緣，百般無聊的我前後晃著雙腿，一邊吃著糖葫蘆。

下午在《玉溪考據》裡看到的神社，好想跟林梟分享吶。

可惜她不在這裡。

之後的幾天裡，林梟都沒有回來。

我開始納悶，她究竟去哪裡了？我不是沒辦法呼喚她，只是有點麻煩，認識她這麼久以來，我也從來沒有呼喚她過。

畢竟林梟不是普通人。

清閒的日子裡，我開始在玉溪鎮上打轉。

這裡的鎮民生活簡單，日出而作、日落而息，耕田而食，民風淳樸。走在街上，彷彿一個轉身，就能觸及傳承百年的文化脈絡。

宗祠林立。

少有寺廟。

保留了日治時代的建築風格，因商業化較低的緣故，店鋪與招牌都非常少。

與北部相比，我更喜歡這樣顏色乾淨的街道。

鎮上大部分的土地都是稻田和花田。鄉野間清新的、彷若置身青草地之上的綠意，伴隨著無數條河渠穿越城鎮。

在一個晴空萬里的夏日午後。

我正研究著《玉溪考據》，那本從書櫃裡挖出來的書。

——叮咚。

門鈴聲劃破了午後獨有的寧靜。

我突然有一種莫名的預感，也許從這一刻開始，日子可能不會再這麼悠哉了。

我打開門，看向因太陽高掛而明亮無比的門前。

我露出了不敢置信的表情。

腦海中的回憶與感情紛紛湧上心頭。重歸故里的感動，是來自這塊土地與我相連的時光，那些至今仍鮮明無比的回憶。

「……陳奶奶？」

「隱逸啊，好久沒看到你了。」

奶奶的背略顯佝僂，一頭銀髮，和藹地揮著手。

「進來坐坐，好久不見了！」

「好呀。」

我敞開門。

要是爸媽在這裡，他們肯定也會熱情地招呼陳奶奶吧。

她是我以前就認識的一個老奶奶，姓陳。

陳奶奶在我還很小的時候，跟我們家就是關係很好的鄰居了，跟爸媽也都很熟。

自我有記憶以來，她就一直是一個人獨居。

丈夫不在，但孫子與兒女很常回來探望她。

我還記得，小時候她的孫子常常跟我一起去玉溪鎮上的池塘抓魚，也會一起跑到秋收後的稻田，互相丟著還沾黏著土壤的稻草。

我招待陳奶奶坐到客廳。

早已拉開的拉門，能眺望連綿遠方的群山和山腳下的稻田。

雖然多年不那麼常看到她，但偶爾還是會送些北部的特產給她。這次回來，倒是還沒有機會去探望她呢。

人與人的聯繫要是斷了，就很難再連起來了。

到哪都一樣。

陳奶奶可能是我認識的、住在玉溪鎮上最老的人了。

「要喝什麼嗎？吃的話，冰箱裡有糖葫蘆喔。」

「喝的都可以，但糖葫蘆……咬不動了。以前我很喜歡吃糖葫蘆呢。」

「嗯，我最近才認識了一個專賣糖葫蘆的老闆。」正準備提起唐先生，轉念一想還是算了。

我倒了杯茶給陳奶奶。

平常招待客人都是用手沖咖啡，但對她來說，味道可能太刺激了。

「隱逸啊，你的爸爸媽媽呢？還是在國外嗎？」

「是啊，好像剛去了東歐表演。」我無奈地笑道：「他們樂團的行程這幾年一直滿檔，很少回臺灣。」

「呵呵，以前他們就很喜歡表演了。」

「嗯，我想也是。」

「話說，我第一次來這裡的時候，他們都還沒有生下你呢，你們家裡的傢俱比樂器都還少。」

「不難想像啦，哈哈。」

在我有了記憶以後，很長一段時間，家裡的樂器也都比傢俱多。直到後來他們漸漸把重心移到北部，樂器也跟著一批一批搬去臺北。

最後，就長時間生活在國外了。

玉溪鎮的老家如今已經沒有什麼樂器了。

「陳奶奶，你的孫子呢？我上次回來好像還有看到，也是好久不見了。」

「他們啊，再過幾天就會回來啦。」

「到時候一定要跟我說，我一送些特產過去，好久沒跟他們聚一聚、聊聊天了。」

「好呀好呀。」陳奶奶慢慢點了點頭，以蒼老的聲音回道。

連大聲說話都顯得有點吃力了。

我不由得默然。

當年，陳奶奶可以隔著偌大的稻田叫我跟她的孫子回家吃飯。

喔對，還有我的頭號搭檔——葉穿雲。

當年我們總是玩在一起。

她笑起來的嘴角，會牽動額頭與眼角的皺紋，一如當年地和藹慈祥。她小心地端起茶杯，喝的時候，還邊把目光放在我身上端詳。

仔仔細細，就像看待珍貴的寶物一般。

「隱逸，我……想去後面看看。」

「沿廊嗎？好的。」

我扶著試圖以自身力量站起來的陳奶奶，她駝背的身軀，在我身邊矮了一截。

我們一步步緩慢地走向沿廊。

這座沿廊，於她而言也有很特別的意義吧。

今天的天色很好，萬里無雲。

耀眼的陽光映照在前方的花田，閃耀著淡淡的金黃色光芒。夏日微風撫過稻穗與花朵，再往我們迎面吹來。

陳奶奶一步步走向沿廊，最後慢慢坐在沿廊上。

她看向前方的田園風景與遠方的玉溪山。

她一句話也沒說，就只是注視著。表情浮現出複雜的情緒，混合著懷念、後悔與追憶著什麼。

我也坐在沿廊上，與陳奶奶坐在一起，直到陽光漸漸變成了暖橙色。

太陽西落，夕陽的光芒自後方灑向田野與玉溪鎮。

「隱逸啊。」

「我在。」

「謝謝你今天陪我這個老人家這麼久。」陳奶奶呵呵笑著，隨後止住，聲音沙啞地說道：「這座木製沿廊……我們正坐著的這條沿廊，我第一次來的時候，你媽媽還抱著你，跟我一起在這裡聊天呢。」

「嗯，真的是很久以前了。」

久到我都忘了。

忘記他們也曾在這裡生活。

「不要覺得奶奶囉唆，我只是想告訴你，你的爸爸媽媽很愛這裡，也很愛你。很久以後你可能會知道更多的事，但記住了，絕對不要討厭這裡。」

我微微一愣，不太明白她在說什麼。

陳奶奶莫名其妙地說完後，便撐著身子打算站起來。

「今天還能進來你們家，看到你、看到這我十幾年沒有再見到過的沿廊與風景，我已經很開心了。走了，我是時候該走了。」

「好，我送妳。」

我扶著陳奶奶一路走到門邊，並幫她拉開了門。

「陳奶奶，要不要我送妳回去啊？」

「送到這就好了，傻孩子。」

陳奶奶的銀髮稀疏，早已不復當年茂盛。

她一步步走在馬路上，緩緩消失在街道彼方。

我站在原地，直到再也看不見她的背影。

吸了吸鼻子，我沒有多說什麼。

那天夜裡，林梟回來了。

拉門被從外面打開，突如其來的聲響，嚇到了正在客廳看書的我。

我抬頭一看，才發現是好久不見的林梟。

她以前都會在帥氣的鮑伯短髮後方綁起一束低馬尾，在成熟率性之間，帶了點可愛與俏皮。然而我眼前的她，髮尾卻散亂地披在身後，刻意剪成的碎髮原本會蜷曲在耳畔，此刻也像是被狂風吹過一般，顯得十分凌亂。

穿著黑色吊帶背心的她，用手抓抓頭髮，疲倦地靠向牆邊。

「怎麼回來了？肚子餓了？」

「一看到我回來就想嘲諷我，林隱逸，你是吃飽太閒嗎？」

「哈哈哈，還好。」

林梟無言地看著我。

「今天陳奶奶……一個認識很久的鄰居來了這裡，從小她就很照顧我，我跟她聊了好久。妳很多天沒回來，前幾天我在翻家裡的書，還看見了玉溪鎮的神社……」

「停——」林梟虛弱地說道。

她靠坐在牆壁上，一雙長腿正無力地往前擺放。我看著她光滑白皙、曲線漂亮的雙腿，發現上面有不少淺淺的傷痕。

我趕緊站了起來，去隔壁房間拿了碘酒與ＯＫ繃。

我蹲在她身邊，近距離一看，發現她的臉蛋灰撲撲的，似乎沾上了不少粉塵。

「妳怎麼受傷了？」

「飛到山裡，跟人打了一架。」

「跟誰打了一架？」

「這你就不要問了。」

林梟倔強地別開頭，不願意繼續回答。

多年養成的默契，我也沒有追問，只是靜靜地用棉花棒沾上些碘酒。

「幫妳消毒喔。」

「與其做這個，不如幫我沖一杯咖啡，林隱逸。」

「等等再去。」

「……行吧。」

左手按著林梟的小腿，她的腳踝纖細得不可思議。我用沾上碘酒的棉花棒仔細地在她淺淺的傷痕上抹過。

幾個比較明顯的傷口，我還貼上了ＯＫ繃。

包紮的過程中，我不時不著痕跡地偷看林梟的表情。她輕蹙著秀眉，抿著嘴唇，眼神東飄西飄，就是不敢看向這裡。

即使是她，也會怕痛啊。

「好了。」

「唔，謝謝。」

「妳怎麼會有打輸的一天？」

「沒辦法，是在那傢伙的主場，我本來也沒有想要打。」林梟用手輕滑過腿部肌膚，「沒有準備好，只是意外。」

「在人類世界生活久了，果然找藉口的速度都變快了。」

「嘿，是在你身邊生活久了，找藉口的速度都變快了吧。」

「哈哈哈。」

我笑了出來，林梟找藉口的速度有沒有變快我不確定，但她最近回嘴的速度倒是變快了許多。

我正準備回到客廳的矮桌前，林梟卻先一步站了起來。

「妳不再休息一下嗎？」

「不是什麼嚴重的傷。」

「喔，好。」

「要喝什麼豆子？」

「前幾天那包瑰夏，味道我很喜歡，也很適合在這麼涼快的夏日夜晚品嘗。」我想也沒想地說道。

淺烘焙的瑰夏咖啡豆。

明亮的果香搭配鮮明的花香，不僅整體咖啡風味平衡，酸味更是恰到好處。

喝的時候，讓人彷彿置身於大自然的鳥語花香之中。

林梟拿起手搖磨豆機，「喀喀喀喀喀」的熟悉聲音再次傳來。

瑰夏咖啡豆正一顆顆被磨成細粉，配著這規律而富有節奏的聲響，我再次專心地看向桌面上的《玉溪考據》。

那座神社強烈地吸引著我。

考據裡有一張圖，側寫了神社矗立於玉溪群山之中，在隱密的森林一角，被雲霧繚繞的絕美畫面。

我明白，貿然上山是非常危險的。

老一輩人口中，玉溪鎮受到山神的庇護，但誰知道那些從未有人踏足的深山裡，還有什麼東西存在？

現在林梟受傷了，還是暫時不要提起吧。

「挪，給你。」

「謝啦。」

林梟把沖泡好的瑰夏咖啡遞給我，與我並肩坐在矮木桌前。

她纖細的手從桌上拿起《玉溪考據》，饒有興趣地「喔」了一聲：「這本書放在你家多久了啊，好舊的感覺。」

「可能幾十年了。」

「嘿，有意思。」她翻了幾頁，隨後皺起眉頭，「吶，你說下午來的是誰？」

「是附近的陳奶奶。」

「很熟嗎？」

「從小就照顧著我，對我一直很好。」

林梟闔上嘴，望向拉門外的田園景色。襯著幾聲鳥鳴和清風吹拂的聲音，她像是在思忖著什麼。

良久以後，她靜靜點了點頭，微帶苦澀地勾了勾嘴角。

「這幾天我要在這裡休息了。」

「當然，把這裡當成自己家吧。」我隨口說著。

林梟的臉頰上冒出可愛的酒窩，她帶上那本考據與幾顆抱枕縮去客廳角落，築起了自己的窩。

隔天我睡到自然醒後，晃悠悠地走到客廳。

客廳裡仍是一片灰暗，靜謐無比。

拉門沒有拉開，窗簾正緊密地覆蓋住格窗，沒有透出太多陽光。

林梟躺在抱枕堆裡，鮑伯短髮後方散開的黑髮遮蓋了她的臉蛋。她絲毫沒有任何要起床的意思，正安安穩穩地睡著。

我並不想叫醒她。

抱持著先出門吃飯的心態，我帶上錢包與鑰匙，一個人走向玉溪鎮市區。

天氣有點熱，買杯手搖杯回來也好。

走到鬧區，我一路上經過了幾間小鋪子。

鎮上這些年來也開了古物堂、料亭、書店……好多地方我都還沒有去過。

在攤販聚集的地方，我買了兩份午餐。

「呃，麻煩再給我兩杯檸檬青。」

「好的。」

從店員手中接過沁涼的冰飲，聽著杯子裡冰塊滾動的碰撞聲，我迫不及待地把吸管戳破塑膠封膜，插入杯子。一邊喝著，一邊走回家。

雖然嘗不到味道，但冰涼的飲料還是很好喝的。

直到一輛大紅色、富有喜慶感的小攤販又一次出現在巷道內。

在距離很遠的地方，我就已經看見了。

這是我第一次在白天遇到唐先生的糖葫蘆小攤販。

既然路過了，那就買吧。

反正水果吃起來也很健康嘛。

裹上糖衣的晶瑩水果，正一串串插在糖葫蘆掃帚上。

小攤販的頂端，覆蓋著類似紅磚瓦片的屋頂，跟玉溪鎮上大部分的房子一樣。屋頂的屋簷正好遮住了陽光。

在那裡，還有另外一個人也在。

我看了她一眼，發現她正是之前在小巷子裡遇到的那個女孩。

氣質別緻的棕青色長髮輕柔地披散在身後，在亞麻的底色上，暈染著青色與棕色，十分亮眼。個頭嬌小的她，身上卻散發出一種微冷神祕的氣息。

不知道該怎麼說，總覺得她有一股出身名門大家的氣質。

優雅從容的動作。

淡定自如的氣度。

那個女孩正與唐先生有一句沒一句地閒聊著，他們兩人感覺很熟。

我走了過去。

「午安，唐先生。」

「嗨，你去買午餐啊？」

「咦？又是你？」嬌小的女孩詫異地說道。

有必要這麼意外嗎？

「是啊，其實……每次買完吃的東西，回去的路上都會路過這裡，就會順便買點糖葫蘆回去吃。」

我盯著糖葫蘆掃帚。

以稻草編織的手藝，不知道鎮上還有沒有人會製作呢。

「今天有什麼？」

「水李、草莓、大番茄……小的也有。」

「我推薦草莓。」女孩輕輕開口，加入了我們的對話，而她手上正拿著一串草莓糖葫蘆。

「喔喔，那我要兩串草莓的好了，一共多少錢？」

「今天不收你的錢了。想問你一下，可不可以幫我一個忙。」唐先生十分有禮貌地詢問，誠懇地看著我。

我先是狐疑地看了看女孩，她也不知所以地聳聳肩。

「什麼忙？」

「幫我送一袋糖葫蘆去這個地址。離這裡不遠，可以麻煩你嗎？」

「我看一下。」

我接過寫有地址的紙條。

嗯，確實不遠，是在我回家的路上，離我家也不遠。如果順路的話，那答應也無妨。

「可以啊，我順路幫你送去吧。」

「好，謝謝你。」

溫文儒雅的老闆開心地用手輕拍我的肩膀，沐浴在陽光之下的他，看上去開朗又瀟灑，想必他年輕的時候一定很受到歡迎吧。

女孩對我揮了揮手。

「再見。」

我帶著老闆小心翼翼遞給我的紙袋，不疾不徐地穿越小巷道。

一走出小巷，就到了主要的道路上。沿著這條路，沒多久就能抵達那個紙條上寫的地址。

海風徐徐。

夏日午後的陽光照耀著街道，略顯刺眼。

幸好今天的雲朵不少，每當連綿不斷的白雲飄過，就能帶給玉溪鎮片刻的清涼。

離地址越來越近，不知道為什麼，周遭也越來越安靜了。

直到我走到目的地，再三確認後，我忍不住歪了歪頭。難怪這個地址這麼熟悉，原來是陳奶奶的家。

一棟兩層樓的平房，看上去年代久遠，但因為一直有人居住，整體還算保存完整乾淨。

外牆略微斑駁，幾盆植栽放置在門口。

再跟陳奶奶打聲招呼吧。她說過她也喜歡吃糖葫蘆，只是老了咬不動了。

我按下門鈴。

沒想到，出來應門的是從前的玩伴。

當然，他現在跟我一樣都是高三升大學的年紀了。只見他的眼眶濕紅，明顯剛剛哭過，正因有人敲門而顯得有些慌張失措。打開門的瞬間看到是我，更是呆愣在原地。

「林隱逸？你來做什麼？」

「有人拜託我把糖葫蘆送過來。」

「糖葫蘆？」

玩伴的尾音提高，納悶地接過紙袋，飛快地打開袋子。

裡面真的是糖葫蘆。

「你奶奶在嗎？昨天她還跟我說想吃糖葫蘆，只是咬不動了呢……」我話說到一半，只見兒時玩伴的眼眶再次泛紅，眼淚就這樣直直地滑落下來。

「怎、怎麼了？」我慌亂地詢問。

我很久沒有看到別人在我眼前哭了，更別說是曾經萬分熟悉的兒時玩伴。

他的身體因悲傷而微微顫抖著。

他象徵著我的童年，同樣地，我也象徵著他的年幼時光。

我們兩個一起在玉溪鎮度過了許多歲月，在那段美好而珍貴的時光裡，他的奶奶更是重要的拼圖一角。

他邊揉著眼眶，邊說道：「我奶奶……昨天走了。」

「走了？」

「嗯……」

「昨天？」我簡直難以相信，震驚地問道。

昨天她還來到我家，跟我一起坐在室外的沿廊，吹著風，看著遠方的群山。

她怎麼會已經走了？

或許是注意到我無法接受的神情，兒時玩伴解釋道：「昨天一早就走了，我們發現時已經太晚了……奶奶走得很安詳，且心滿意足地笑著。」

一早就走了，那下午跟我一起坐在沿廊的人是誰？

「我的奶奶以前……就是我們都還小的時候，她最喜歡吃爺爺做的糖葫蘆了。只是，爺爺比奶奶還要更早就離開……」

我再次默然。

中年模樣的唐先生，紅色糖葫蘆小推車後方的兩張椅子，拜託我送糖葫蘆到這裡的請求。

莫非……

像是發現了什麼，我不禁問道：「你的奶奶，以前也賣糖葫蘆嗎？」

「嗯，爺爺奶奶以前會一起推著紅色的糖葫蘆小推車，最一開始是在大街上賣……我爺爺姓唐，還賣著糖葫蘆，一直被鎮上的人說人如其名。這是我爸爸告訴我的，那都是很久以前的事了。」

兒時玩伴的鼻音很重，雖然看似平靜，但驟失親人所帶來的悲傷依舊太過沉重。

是人皆如此。

我也感到了些許鼻酸。

原來，陳奶奶是昨天早上走的啊。

只見他提了提紙袋，說道：「林隱逸，謝謝你帶來的糖葫蘆。抱歉，今天先不招待你了。」

「哪裡，我才抱歉……不好意思打擾你了。」

我對他低了低頭，轉身離開陳奶奶的家。

蔓延在街道上的沉默與寂靜，就像為了離去的陳奶奶送行。街坊鄰居都認識她，也都很喜歡她。

一路上，我強忍著悲傷的情緒。

走進家門的一剎那，我才放任自己脫力地坐在地上。太過強烈的情感與失去所帶來的空虛，在我心裡掀起滔天巨浪。

一波未平，一波又起，不費吹灰之力擊垮了我的心防。

我呆坐了一會才起身走進客廳，看見了早已醒來的林梟。客廳光線明亮，陽光微微映照著沿廊，林梟穿著昨晚的黑色吊帶背心，正狐疑地望著我。

「林隱逸。」

「原來，陳奶奶昨天早上就去世了……」

我走向林梟，看見她之後，我便卸下了堅強的偽裝，任由淚水自眼眶滑落。

她遞給我幾張衛生紙，沒有再說什麼。

現在回想起昨天林梟的反應，或許她在那時就已經知道了吧。

兒時玩伴說，陳奶奶走得十分安詳，嘴角掛著滿足的笑意。至少，她在昨天是開心度過的吶。

——不要覺得奶奶囉唆，我只是想告訴你，你的爸爸媽媽很愛這裡，也很愛你。很久以後你可能會知道更多的事，但記住了，絕對不要討厭這裡。

——今天還能進來你們家，看到你、看到這我十幾年沒有再見到過的沿廊與風景，我已經很開心了。走了，我是時候該走了。

——送到這就好了，傻孩子。

陳奶奶銀髮稀疏，早已不復當年黝黑茂盛。她一步步走在那條路上，緩緩消失在街道彼方。

我不知道自己呆坐了多久。

難得回玉溪鎮一趟，卻遭遇從小陪伴我長大的奶奶去世。我突然有種想逃離這裡的衝動。

然而，在那個夜裡，他們入夢了。

我夢到了約莫三十幾歲的唐先生和陳奶奶。

當時的玉溪鎮比起現在，路上的行人反而更多。那是在勞動人口外移之前，熱鬧非凡的玉溪鎮。

城鎮充滿活力，四處都是小販的吆喝聲。

玉溪鎮四處可見稻田與花田，甚至可以看見許多水牛在田裡辛勤地耕作。

街上的顏色更加樸實，建材幾乎都是紅磚瓦與木材，看不到水泥的顏色。

那時，應該是玉溪鎮的林木業仍在發展的年代吧。

在一所學校前，放學的小孩正走路回家。

那輛熟悉的大紅色糖葫蘆小攤販就停在那裡。紅磚瓦屋簷形狀的車頂，同樣的紅色桌面，但小攤販的外表卻嶄新無比。

車子的漆面閃耀著光彩，流溢著點點希望。

一頭烏黑長髮的陳奶奶坐在小攤販後方，正用手編織著糖葫蘆掃帚。

那是一種用稻草嚴密編織的竹竿固定架，用來放置製作好的糖葫蘆。原來，那些都是陳奶奶親手做的啊。

「陳語荷，今天也賣得很好耶。」

「我們準備的糖葫蘆都賣完了啊？那明天我們可以多做一點！」

「嗯，晚上我們一起努力。我還想實驗看看用水李，水李是玉溪鎮的特產，甜甜脆脆的，很適合做成糖葫蘆。」

「好呀，晚上做給我吃，對於吃糖葫蘆我可是專業的。」年輕時的陳奶奶——陳語荷——以富有元氣的聲音說道。

我從沒有聽過陳奶奶那樣的聲音。

看得出來，唐先生與陳奶奶的關係真的很融洽。

時光飛逝。

夢裡的場景漸漸進入夜晚，黑幕緩緩降下。

等陽光再次灑落玉溪鎮時，依然是那所學校，與學校前方停著的大紅色糖葫蘆小攤販。

但這時小攤販的外表已經斑駁不堪，顏色也顯得黯淡。

時間不知道過去了多久。

那裡依舊擺著兩張椅子。

可是攤販後方，卻只剩年紀稍長的陳語荷一個人叫賣著糖葫蘆。

「來喲來喲，好吃的水李糖葫蘆！」

夢裡的我什麼都不能做，只能看著。

我突然感到一陣鼻酸。唐先生走了嗎？若是沒走的話，是病了嗎？

隨著心裡湧起疑問，我看著許多小孩走向糖葫蘆小攤販，興高采烈地拿起了一串串糖葫蘆。

多年過去了，他們的糖葫蘆依然大受歡迎。

光景再次發生變化。

這次，是一場喪禮。

在場的人全身漆黑，而親屬則身穿冰冷的白色。

陳奶奶鬢角的髮絲已經白了。她似乎正生著病，但還是拄著枴杖、在女兒的攙扶下，出現在深愛的丈夫的喪禮上。

為了送愛人最後一程。

陳奶奶最掛懷的，就是唐先生與他的糖葫蘆。

全天下只有他做得出來。

唐先生雖然走了，但卻也以另一種方式留了下來。

唐先生與陳奶奶之間深深的羈絆，讓彼此無法輕易分開。即使去世了，店主依然化為地縛靈，在小路的盡頭推著小推車、賣著糖葫蘆。

「你想賣多久啊？」

「賣到妳不想吃的時候。」

「那我已經不想吃了，你趕快走吧，你還有下輩子。」

「沒關係，我想等妳。」

店主推著小推車，很有耐心、頗有氣質的他，日復一日地招待著客人，在妻子親手製作的糖葫蘆掃帚上，插下一串串糖葫蘆。

一賣就是十多年。

直到昨天，陳奶奶也安詳地去世了。

隔天，她收到了人生中最後一份來自唐先生所做的糖葫蘆。

她嘴角含笑地走了，為了去見所愛之人。

「剛才的糖葫蘆我讓一個少年送去了，好吃嗎？」

「好吃，你做的當然好吃。」

「那就好。」

「我們一起走吧。」

「嗯。」

1 他們在世的最後一天

M O N O N O K E R Y O T E I

再次醒來時，我正躺在家裡的床上，窗外正透進亮白的陽光。

身體沉沉的，不太想起床。

可能是因為昨天太難過了，糊裡糊塗睡著後，被林梟搬到臥室的吧。

對於剛醒轉的我而言，這陽光過於刺眼，所以我決定再睡一下。不是我不想起床，而是這個世界不適合我起床。

又過了幾分鐘，我單手揉著惺忪睡眼走下床，一把打開了窗簾。

窗外的夏日暖陽點亮了臥室。

「在這裡，我只是過客啊……」

我單手觸碰透明的玻璃窗。

不同於在臺北求學時，住的都是學校附近的公寓。在玉溪鎮這樣遍布稻田與花田、民風淳樸的地方，多數建築都不超過兩層樓高。

我嘆了口氣。

陳奶奶的去世再次提醒了我。

在玉溪鎮，我只是過客。

生活。

生在這裡，但並不是活在這裡。這座小鎮或許有著不一般的故事，但我只是一個平凡人，只想過一般人想過的生活。

自從很久以前我失去了味覺、運氣開始變差以後，我就下定決心要當一個再普通不過的平凡人了。

找什麼玉溪神社？

找什麼文化脈絡？

畫一些大家比較少看到的海岸風景，或夏日獨有的、晴空萬里的藍天和田野風光不就好了嗎？

離神祕遠一點，離那些不知名的存在遠一點。

看著窗簾隨著微風搖曳，我轉身離開臥室。

玉溪鎮的夏日依舊持續著。

我的目標是在上大學前畫出一幅畫。

畫出屬於玉溪鎮的意象，完成委託。

我的心裡仍有點失落，也難免回想起陳奶奶。

為了散心，也為了尋找素材，我帶上畫筆跟素描本，打算前往海岸邊的岩石上素描。

好久沒去小鎮的海邊了。

我穿上寬大休閒的白色T恤，換上拖鞋，從家裡一路走到海邊。

今日的小鎮依然寧靜。

我走到海岸邊。

玉溪鎮外側的沙灘十分乾淨，因為沒有商業開發，只有兩三名遊客在附近閒晃。金黃色的細沙十分細緻，抓一把握在手上，細沙便會隨著風揚向遠方。

我走在沙灘上，感受著沙子傳來的溫度。

位於沙灘後方，有一顆偌大的岩石，平坦的頂部可以讓人坐在其上。小時候，我就常常爬到那顆岩石上欣賞海岸風光。

我想也沒想，抓著畫筆和素描本跳上岩石，盤腿坐在那裡。

「唔……」

坐在這裡，背對著一小片樹林，前方就是寬廣無垠的大海。

能看見整片綿延的沙灘景色，與正倒映著藍天、湧起一陣陣溫馴海浪的海洋。

時光彷彿變慢了，讓人忍不住沉浸在這樣的美景裡。

突然，一陣窸窸窣窣的聲音自後方傳來。

轉過頭，一隻小狐狸從樹林裡竄出，從我身邊奔馳而過。

我的雙眼跟著狐狸奔跑的方向看去，巨大的飛機雲穿過碧藍天空，形成了絕美的背景，映襯著正踏在淺水之上的她。

我忍不住瞪大了眼睛。

海風陣陣，牽動了她身上乾淨的雪白襯衫和帶著海浪紋路的湛藍裙襬。

水藍色的蝴蝶結緞帶繞過細嫩的頸後，兩條緞帶被風稍稍解開，在半空中劃出美麗的弧線。

她單手輕輕按著一頭棕青色長髮，髮尾偏冷的顏色讓她的皮膚顯得更加白皙。

她正赤腳踩在淺水區，眺望遠方的飛機雲。

海天一色，她淺淺地微微笑著。

那愜意而放鬆的姿態，讓所有看見她的人都會忍不住鬆弛下來，忘記一切煩惱，享受悠哉的午後海風。

「……咦？」

她的頭髮是特別的亞麻色，髮尾帶了點棕色與青色。優雅的動作與她身上那綽有餘裕的氣質，在這座小鎮裡簡直獨一無二。

好眼熟。

光景流轉而至。

光芒透射而來。

「是她！」我驚呼道。

眼前赤裸著雙足踏在水面上的她，就是前幾天在小巷道遇見的、跟我聊起唐先生和糖葫蘆的那個女孩。

她也看得見唐先生。

看得見那個早已去世多年，卻仍在原地等待妻子的人。

這個世界不存在著偶然，難道她並不是湊巧出現在這裡，而是在這個時間、這個地點，我跟她註定會相遇嗎？

不對，立場需要調整一下。

對於玉溪鎮的一切，我終究只是過客。

我拿起筆，在素描本上勾勒起輪廓，盡量隱藏自己的存在感，最好不要被她發現。

那隻狐狸似乎跟她很親昵，牠輕輕一躍跳進了她的懷中，她動作輕柔地把狐狸抱在胸前。

不知道是不是我看錯了，他們好像在交頭接耳著什麼。

不遠處的我還沒有被他們注意到。

談話間，女孩的臉色漸漸變了。

她是那種看上去就十分聰明伶俐的女孩，但此刻她的眉毛糾結在了一起，低著頭快速地呢喃著什麼。

隨後，海風漸漸變強，她身後的碧藍天空慢慢染上淺灰色，更遠的海平面上烏雲突兀地現身。

空氣間瀰漫著雨的味道。

天將落雨。

對玉溪鎮的大雨有著不好回憶的我迅速收拾好東西，準備閃人。這場雨來得太過突然，讓人有些猝不及防地不安著。

我又一次回過頭，只見那個女孩已經放下狐狸，轉身朝我的方向奔跑而來。

再也顧不得一頭隨風飄揚的冷色長髮了。

「咦？」

這時，她才發現了我。

「……是你。」

「嗯……」

她停下奔跑的腳步，慢步走向我。

一頭理應冷感、卻意外引人矚目冷色長髮，在海風吹拂下，向她左側揚去。

風變大了。

海面的彼方飄來一整片烏雲。

這種近乎覆蓋半片天空的烏雲，可以想見，不遠處的海面肯定下起了大雨。

女孩眨了眨她水亮的眼眸。

「又是你啊，你是前幾天在小巷跟唐先生買糖葫蘆的男生吧？」

「嗯，是我。」

無法閃躲的我只好稍稍低下頭，刻意迴避著她的視線。

女孩清冷的臉上露出一絲玩味的笑容，似乎覺得我的反應很有趣。

「明明是一般人，卻看得見唐先生呢。」

「……這有很厲害嗎？」

「看得見其他人看不見的東西，不厲害嗎？」

女孩沒有正面回應我，而是巧妙地以反問代替回答。

不可避免地，我想起了不久之前的事。

陳奶奶到我家拜訪，與我一起坐在沿廊上看著玉溪平原——那片在我還小的時候，我們都很熟悉的土地。

去陳奶奶家拜訪時，遇到了兒時玩伴，才得知陳奶奶已經去世了。

我還幫忙唐先生送了他最後的糖葫蘆。

重整思緒。

越來越強烈的海風掠過我的臉龐，我故作平靜地問道：「妳說唐先生跟他妻子是鎮上第一個賣糖葫蘆的人，他的妻子，就是剛剛去世的陳奶奶，對吧？」

「對，他們年輕的時候會一起推著小攤販出來賣糖葫蘆。」

我沉默地看著她。

「你認識陳奶奶？」

女孩隨口一問，看見我黯淡的神情，發現自己似乎觸及了某些不愉快的記憶。

感到有些抱歉的她輕抿嘴唇，下意識地用手遮住嘴巴。

「沒關係。」我說。

女孩微微彎腰，並傾身往前，以較低的角度往上看著我。

「不用勉強自己說沒關係。」

我還是沉默著。

「我比較好奇一點，你就沒有覺得奇怪嗎？那個時間在那種偏僻複雜又容易迷路的小巷子裡，怎麼會有人擺攤賣糖葫蘆呢？」

「我不是沒有懷疑，只是不想……」

「只是不想牽扯其中而已。」彷彿早已看透我的女孩，不費吹灰之力地說出我心中的想法。

她真的很聰明。

「對。」我老實承認。

對這小鎮的一切，我只是過客。

儘管我曾試著接受這座小鎮，擁抱這裡的文化脈絡，但我才剛剛這麼做，在玉溪鎮上與我童年聯繫最深的陳奶奶就走了。

我的運氣到底還能多差啊？

讓人好無力，可惡。

聽到我的回應，女孩沒有表露出什麼特別的情緒。她先是單手繞到耳畔，隨意地把髮絲勾回耳後，露出漂亮的側臉。

她望向遠方正步步進逼小鎮的烏雲。

「可能，已經來不及了。」

我愣愣地看著她。

「陳奶奶去世的隔天，替唐先生送糖葫蘆去他們家的人是你，所以你已經成為人類與妖怪之間的橋梁了。」

「我只是幫唐先生一個忙……」

「不是每個人都能看見那些人事物，既然你能看見……」女孩欲言又止，最後乾脆話鋒一轉，「我叫姚令瑄，你呢？」

「隱逸，林隱逸。」

烏雲的到來，讓海浪加快了襲向沙灘的頻率。海浪前緣碰觸沙灘時，迸出的白色浪花也越來越高了。

「你有看到剛剛那隻狐狸嗎？」

「跳到妳懷裡那隻？」

「對，牠叫毛球。」姚令瑄露出溫柔的笑容，「從很久以前，牠就一直跟著我了。牠很可愛吧？」

我不置可否地點點頭。

扣除掉牠好像在跟妳說話這點，那隻橘色的小狐狸確實挺討喜的。

「喂，林隱逸。」

「嗯？」

「雖然剛見面就這麼說有點不好意思，但我想拜託你一件事。」

我保持著沉默。

不知道該說什麼又不想答應的時候，最佳抉擇就是——裝死。

但姚令瑄絲毫不顧我刻意的沉默，繼續說道：「我原本沒想到會下雨，所以這件本該做的事還沒來得及去做。」

我又一次看向她清澈的眼睛。

「我需要去海岸後面的樹林拿水李。你知道水李吧?毛球幫我收集好了,就放在樹林裡。」

「所以?」我微微蹙眉。

「真的很不好意思,但我還有另外一件必須去做的事,所以林隱逸,可以拜託你幫個忙嗎?毛球會帶你去的。」

我又開始沉默。

但繼續不回話好像有點糟糕。

姚令瑄張大了澄澈的雙眸,往前靠近我,小巧的臉蛋就這樣映入我的眼中。

看起來我正在麻煩的龍捲風邊緣,稍有不慎,就會被捲入其中。只想當過客的我被捲入就太不划算了。

時間緩緩流逝。

氣氛漸漸陷入尷尬。

「下雨了。」突然，感官敏銳的姚令瑄輕聲說道。

細小的雨點滴落在手上，我仰頭看向天空。

紛飛的細雨跟連綿無盡的濃厚烏雲，從海平面的遠方一路飄來這裡。站在海濱一角，正好能看見烏雲與雨勢挾帶著龐大的氣勢撲面而來。

挺壯觀的。

我把畫筆插進口袋。

雖然可惜了這本空白的素描本，但今天我也還沒下筆，所以無妨。

趕緊閃人吧。

雖然沒有看著她，也不想正面回應她的請求，但她大概正直直地盯著我看吧。

我嘆口氣，無力地說道：「唐先生是地縛靈，在陳奶奶走了以後，他也走了不是嗎？」

「所以？」

「我再也不會吃到他的糖葫蘆，再也不會看到他了，會碰上這種不一般的事，對我來說只是意外。」

她默默地凝視著我。

「姚令瑄，我不知道妳身在什麼樣的世界，又有什麼我不知道的身分，但無論如何，我都不是那邊的人。」我保持距離地說道。

刻意而為的事不關己，對所有人保持一視同仁的溫和，其實心裡想的是獨善其身，對於這樣的自己，我雖然感到失望，但依舊什麼都不想改變。

我只是過客。

她猶豫了一會，用手輕輕撩開額前的瀏海，露出失望的神情。

「就當舉手之勞也不行嗎?你不想再次品嘗到唐先生的糖葫蘆嗎？」

「我不想。」

何況，除了咖啡以外的東西，我都吃不出味道。對我而言，只有口感上的差別，沒有好吃與否的問題。

「為什麼？」

「很難理解嗎？先是地縛靈，再來是會說話的狐狸，這都不是正常的東西吧？」

「正常？」

「這些都不是一般人的生活裡會遇到的事。那隻狐狸跟妳說完話後，大雨就突然襲來，是個正常人都不會想捲入其中吧？」我攤攤手，稍顯不耐煩地說道。

或許是因為我的語氣偏冷，她一時間沒有任何回應。

我把視線從姚令瑄嬌小的身影轉向不遠處的海洋。

海浪正因強風與雨勢逐漸加大，拍打上岸的白色浪花有部分甚至躍上了岸邊的岩石。

「好吧，那我只好自己去了。」

「大雨就要來了，妳要這種時候跑進樹林？」

「對。」

不等我回話，她一個箭步越過我身邊，徑直往樹林前進。

要是我放她過去，她就會一個人衝入樹林了。

前所未有的無力感隨著雨點向我襲來。

就算再怎麼不想捲入奇怪的事件裡，再怎麼不想跟玉溪鎮那些不一般的存在產生聯繫，現在的我也無法就這樣讓她一個人離開。

不知道這樣做到底對不對，但如果不做，我以後一定會後悔。

於是我伸出手，在姚令瑄走過我身邊時，拉住了她的手腕。

她停下腳步，再次回頭直視著我的眼睛。

我看見帶著冷色的髮絲隨著她的動作劃出一道弧線，在烏雲籠罩的天色下，給人的溫度更冷了。

姚令瑄瞥了眼被我拉住的手腕。

「你在做什麼？」

「我只是想問妳一個問題。」我凝視著她，「妳為什麼現在就要去拿樹林裡的水李？」

「因為，今天是他們在這個世界上的最後一天了。」

「他們？」

「唐先生和陳奶奶。」

「然後？」

「我的職責是送別，他們已經要離開這個世界了，所以我想用玉溪鎮特有的水李做成糖葫蘆，好好送他們最後一程。」

「快下雨了，妳還想去摘水李？」

「我跟毛球說好，牠已經幫我收集好了。玉溪鎮附近的林子裡，水李的酸度很低，吃起來甜甜脆脆的，所以唐先生很喜歡用水李做成糖葫蘆。」

「那妳要去做的另外一件事……」

「本來我要先去拿水李，再回去找唐先生，但現在因為下雨……我怕只靠我自己一個人會來不及。」

「所以我只要去樹林裡拿水李就好？」我確認一般問道。

姚令瑄愣了一下，小聲說道：「對。」

這是我轉身離去的最後機會，也是我遠離麻煩漩渦的最後一次機會。

但我根本走不了。或許，打從今天早上決定來海邊畫畫開始，這一連串的事件早就已經註定好了。

想了想，我點點頭。

姚令瑄細緻的臉上沾著雨點，瀏海的尾端微微濕潤，她清冷的雙瞳在灰暗的天色裡顯得無比明亮。

「謝謝你。」她認真地說道。

我忍不住追問：「那妳能讓我品嘗水李做成的糖葫蘆嗎？」

「嗯，我答應你。」

她看著我，堅定地點了點頭。

距離拉近後，我才注意到姚令瑄的臉色有些蒼白。

當我答應了姚令瑄的請託，那隻名叫「毛球」的橘色小狐狸便從樹林邊緣竄了出來，直奔到我們身邊。

牠的狐毛非常柔順，橘黃的色澤讓人很想伸手觸摸。

毛球親暱地蹭了姚令瑄幾下。

姚令瑄先是低頭苦笑，而後露出溫暖的表情，用手摸了摸小狐狸的毛。她附在毛球耳邊，低聲說了幾句。

「跟牠走就好了嗎？」

「對。」

「拿到水李以後，我要去哪裡找妳？」

「你知道料亭嗎？」

「聽說過。」

「那是我家。等你拿到水李之後，就到那邊找我。」

姚令瑄額前的髮絲，被突如其來的海風吹亂。

她帶著青藍的偏冷長髮，在陰暗的天色中，彷彿要被烏雲與細雨吞噬。

「快去吧。」她揚手催促著我。

「……好吧，妳自己小心。」

小狐狸依依不捨地從姚令瑄身上跳開。

牠在原地等我了一下，確定我跟上牠的腳步後，才往海灘邊的樹林奔去。

我也開始跑了起來。

她之所以這麼趕，也許跟大雷雨有關，也似乎和黃昏時分有著些許關聯。

一旦過了黃昏，陳奶奶與唐先生可能就會離開了吧。

我回頭望了一眼，只見姚令瑄也開始往鎮上的方向走去，隱沒在漸強的風雨之中。

她剛剛說過，她要去找唐先生。

跟著毛球衝進樹林時，我一直在想一件事。

為了陳奶奶和唐先生兩人在世的最後一天，有必要在這樣的天氣裡，執意為他們製作水李糖葫蘆，難道只是為了道別嗎？

不可能吧？

又或許是姚令瑄跟他們兩個有很深很深的交情。

在這種民風淳樸、人口不多的小鎮，鄰里往來密切，往往能累積出許多在城市根本不可能有的深厚情誼。

踏進樹林的一瞬間，我不由得深吸一口氣。

細雨下了一段時間，濕潤的土壤踩起來不是很舒服，讓我的鞋子都髒了。灰暗的天色之下，被海風侵襲的林中樹木發出一陣陣窸窣聲響，從四面八方包圍著闖入樹林的外來者。

雨的氣息。

土壤的氣味。

落葉的味道。

我彷彿進入了另外一個、我所不熟悉的世界。

我跟著毛球迅速地在樹林裡前進著。

橘色小狐狸的動作靈活無比。牠走過的路徑都是比較寬敞的道路，沒有被雜亂橫生的雜草、樹枝或草叢遮擋，也幾乎沒有障礙物。

我跟在牠身後迅速地奔跑著。

細雨落在我的臉上。

沒過多久，我們衝出了林蔭茂密、大樹林立的樹林，來到一塊小空地。

年代久遠的狐狸雕像被藤蔓青苔覆蓋了一大部分，正立在那個小空地中央。明明烏雲籠罩，空氣間充滿了雨的味道，卻好似有一道雲隙光落在雕像之上。

那些雜亂的風聲和雨聲在不意間變小了。

我彷彿誤闖了某處結界，周圍一片靜謐。

冰冷的風和刺骨的雨水都闖不進狐狸雕像旁的這塊空地。

剎那間，我的心裡一片空白。

幾秒之後，我才想起來到這裡的理由。

找水李。

我沒有時間耗在這裡，姚令瑄跟我兵分二路就是為了爭取時間。我一步步往前靠近那座狐狸雕像，在雕像前方看見了一個竹編的籃子。

剛剛摘下的水李就放在裡頭，滿滿一籃。

要是沒有提前讓毛球收集，一個人在這種天氣、在這樣鮮少有人踏入的樹林裡，要花多少時間才能收集這一籃的水李呢？

我拿起竹籃，對著毛球晃了晃。

毛球煞有其事地點點頭，前足往前踏了幾步，示意我跟牠前進。

「走吧。」

從後面看去，牠奔跑時就像是一團橘色毛球在樹林裡飛竄。

姚令瑄取的名字真貼切。

在雨勢變大之前，對地形十分熟悉的小狐狸帶著我跑出了樹林。

但我們並沒有回到沙灘的入口，毛球帶我抄了捷徑，回到了玉溪鎮某條主要道路附近。

我站在馬路上，回頭看了看毛球。

毛球抬起前足，往前揮了兩下。

噗——我差一點笑了出來。

這隻狐狸似乎很熟悉跟人類相處了。

接下來，剩下的只有一件事。

在雨勢滂沱之前，我往鎮上唯一的料亭走去，那裡也是姚令瑄的家。

不知道她到家了沒有？

我之所以知道鎮上的料亭，是因為很小的時候，還住在這座小鎮的爸爸媽媽曾經帶我去過。

自從他們兩人展開世界巡迴演奏會之後，就很少住在玉溪鎮了。

只剩我獨自一人。

我在長假偶爾會回來老家。

兒時的記憶雖然模糊，但還是有幾分印象。

我記得老闆是一對夫妻，料亭的布置素雅而溫馨，很適合幾個人一起小聚。夫妻倆都有很好的手藝，所以料亭的客人總是絡繹不絕。

那對夫妻大概就是姚令瑄的爸爸和媽媽吧。

走了好一陣子，當雨勢以肉眼可見的程度變大之後，那座料亭終於映入我的眼中。

那是一間外表看上去有些斑駁陳舊、以木頭打造的兩層樓房子，房子兩側還種植了些許竹子。

竹子的品種似乎是長枝竹，細長枝幹上方垂掛的竹葉隨著風飄動著。這種竹子據說是用來防風擋雨，種植在料亭兩側也別有一番清雅氣息。

一樓的店門口，是一道日式拉門與淡色門簾。

門口掛著一幅橫式招牌，以頗有勁道的書法寫上了「料亭」兩個字。

這其實算不上什麼特別的名字，但在玉溪鎮裡，「料亭」就代表著這間店、這個地方。

無可替代。

我拉開門走了進去。

一道嬌小的身影正穿著合身的水藍色棉衣與米色熱褲，縮在長座椅的一角，用毛巾擦拭著自己濕潤的頭髮。

她眨了眨眼。

水亮的眼眸濕潤得彷彿剛剛哭過，她看到我後，露出了一抹淺淡好看的笑容。

「你回來了。」

「千辛萬苦。」我呼出一口長氣，也放鬆地笑了。

「真的很謝謝你。你先休息一下吧，我等一下幫你倒杯茶。」

「沒事。」

我把竹籃放到桌上，裡面是滿滿沾染著雨水的水李。

任務結束。

我用手抓抓同樣被雨淋濕的頭髮，悠悠哉哉地走向長椅。身體因為忽然鬆懈，一股倦意因而湧起。

我在長沙發椅上躺下，並用手遮住眼眸。

好累。

明明只想去尋找靈感，但今天為什麼會發生這麼多事呢？

一切都不正常，一切都不在預料之中。

——轟隆。

就在此時，驟雨襲來。

呼嘯而過的狂風與暴雨猛烈地侵襲了整座小鎮。

可以想像，豆大的雨勢在狂風中四處飛散，擊落了無數樹葉。那種雨滴打在人身上甚至都有點痛了。

幸好在驟雨襲來之前，我們已經拿回了水李。

這場夏日午後的暴雨，迅速在道路上形成一個又一個的小水坑。

一條毛巾忽然蓋到我頭上。

隱約聞到一點淡雅的樹葉清香，宛如置身在森林之中，看見了富有生命力的野草和花朵。

姚令瑄柔和的聲音傳了過來。

「林隱逸，你先休息吧。」

「……嗯。」

毛巾徹底蓋住我的視線，讓我也懶得關注街道上的雨勢了。

雨下得再大都跟現在的我沒有關係。

約莫小憩了十五分鐘，我緩緩醒了過來。

雨勢依然很大。

而料亭內正散發著清甜的糖水香氣。

我看了眼竹籃，裡頭的水李不見了。

我走向了吧檯。

這裡是開放式的料理臺，姚令瑄製作美食的地方，就在吧檯後方。

她在材質柔軟的棉衣外，套上了一件料理用的圍裙，正把一支支串上水李的竹籤，仔細地滾上糖衣。

「姚令瑄，我可以吃了嗎？」

「不行。」

「咦？這怎麼跟說好的不一樣？」

「我會另外做給你吃，畢竟你下午幫了我一個大忙。真的是很大的忙，我都不知道該怎麼表達謝意了。」姚令瑄頓了一下，柔聲解釋：「但今天這些糖葫蘆不能給你吃。」

我無言地看著她。

「不只有糖葫蘆，我做的其他料理也很好吃喔。」

「那妳是要給誰……」

話說到一半，我便閉上了嘴。

她凝視著我，露出一個溫暖的笑容。

好吧，看來姚令瑄打算把這些糖葫蘆送給陳奶奶與唐先生吧。畢竟，今天是他們在這個世界上的最後一天。

我趴在吧檯上，看著姚令瑄熟練的動作。

她是這間料亭的料理人嗎？

「我們要去找他們嗎？」

「不，不用。」

「為什麼？」

「因為我跟他們約定好了。」她的聲音如春風般怡人。

只見姚令瑄彎下腰，從料理臺內側拿出了一把糖葫蘆掃帚。

我瞬間恍然大悟。

這就是她剛剛去找的東西吧？全玉溪鎮，大概也只有陳奶奶做得出來。

親手製作的物品與本人有著最深刻的連結。

姚令瑄把剛做好的糖葫蘆一支支插進糖葫蘆掃帚，從吧檯裡走了出來。她經過我身邊，身上透著淡淡的青葉香氣，那是近似於大自然的清新淡香。

她看了我一眼，示意我抬起頭。

我看向前方，忍不住倒吸了一口氣。

天啊。

不知何時，姚令瑄等待的那兩個人已然悄悄到來。

他們並肩坐在料亭靠近窗戶的座位上。他們沒有說話，只是肩頭互相依靠在彼此身上。

我吸了吸鼻子，不由得被眼前的景象震懾。

是陳奶奶和唐先生。

外面落雨依舊。

料亭裡卻有一股說不出的暖意在空氣間流淌。

姚令瑄走上前，把糖葫蘆掃帚地立在桌上。

「午安，陳奶奶、唐爺爺。」

「小瑄，妳的手藝好像又進步了呢。」陳奶奶和藹地說道。

隨後，奶奶看了我一眼，嘉許似地笑了笑。

「他是……喔，他是那天幫我送糖葫蘆的男生。真是謝謝你了。」唐先生抬起頭，對我揮了揮手。

見我沒有回應，他也沒多說什麼，只是輕輕地牽著陳奶奶的手。

老伴。

持續多年的情感，最後甚至跨越了生死的法則。即使很久以前就已經離世，唐先生依然以地縛靈的姿態留在了這個世界上。

繼續做著糖葫蘆，等著那個不知何時才能再相見的人。

糖葫蘆，是他與陳奶奶最重要的羈絆之物。

我站在姚令瑄的右後方。

要說完全不害怕，那是不可能的事。

我所過接觸過的、最奇怪的事物，說到底就只有那隻愛喝咖啡的紫綬帶而已。

但我感到十分好奇，姚令瑄為什麼能如此尋常地跟陳奶奶與唐先生閒聊呢？

他們都已經不在這個世界上了啊。

「這是剛剛去海岸後面的樹林裡摘的水李。」

「看出來了。」

「也吃出來了。」

唐先生拿了一串，一口咬下。

水李清脆的口感做成糖葫蘆簡直太適合了。

陳奶奶和唐先生品嘗著糖葫蘆，不約而同讚美著姚令瑄的手藝。她不禁莞爾一笑，酒窩飄出幾分暈紅。

過了一會，姚令瑄換上一副堅定的表情看著他們，說道：「你們都是從小就很照顧我的長輩，從我還在森林裡玩耍的時候就認識我了。你們……也都認識我的爸爸和媽媽。」

「嗯，小瑄已經長大了啊。」

「我只想問你們，我的爸媽到底去哪裡了？」

就像是觸及了某種禁忌般，空氣頓時凝結。

唐先生與陳奶奶對望一眼，沒有回應。就算身為一個外人，我也看得出來，他們的內心正在激烈交戰。

姚令瑄往前探身，雙手壓在桌面上。

「陳奶奶、唐爺爺，你們是我現在唯一能想到可以告訴我真相的人了。

「拜託，請你們告訴我，七年前到底發生了什麼事？為什麼我的爸爸媽媽會在一夜之間就這樣消失在世上，就像是……被神隱了一樣。」

被神隱去了身影，是謂「神隱」。

「小瑄，我也很想告訴妳，但是我真的……抱歉了。」唐先生低下頭。

「老傢伙，你在怕什麼？我們都要離開了。」

「這不是離開就能說的事情⋯⋯」

「她是小瑄，是我們看著長大的小瑄啊，我們怎麼能假裝什麼都不知道呢？」陳奶奶拒絕妥協，她的雙眼有意無意地停留在我身上，再緩緩看向姚令瑄。

陳奶奶很少這麼堅持某件事情。

陳奶奶低聲說道：「小瑄，妳還記得七年前的那個晚上，我們鎮上那場歷史上最嚴重的颱風嗎？」

「記得。」

「那是因為妳的父母在七年前做了一件事，但對於某些不能言明的存在來說，那是絕對的禁忌。所以⋯⋯」

姚令瑄張大了雙眼，小巧的嘴唇微微開闔。

就像是想要與她站在一起般，不知不覺間，我已經站在了她的身旁。

一起聽著，一起承受著。

宛如跨越了某種界線，必然要承受的後果——

然而，就在此時，唐先生的身影忽然變得黯淡，陳奶奶的身影也開始模糊。

唐先生似乎早就預料到會發生這樣的事，正用手撫摸著額頭，莫可奈何卻寵溺地微笑著，並輕輕牽起了陳奶奶的手。

「你們去找比翼鳥吧。」

姚令瑄沒有說話，她又恢復了平常淡漠的神情，默默地注視著正在消失的兩人。

「還有，小瑄，妳聽過鎮上那個擁有筆墨紙硯四個守護神的書生嗎？」此時陳奶奶的身影已經變得無比朦朧，但她仍試著把話語傳達出來。

「聽過，但我不知道他是誰……」

「去找他吧，他會有妳想找尋的答案。」

「我——」

「再見了，小瑄、林隱逸。」

話語聲漸漸隱沒，唐先生和陳奶奶的身影就這樣從料亭內徹底消逝。

此後，他們再也不會出現了。

巷子裡的那家糖葫蘆小鋪再也不會出現。也不知道從今以後，玉溪鎮上還會不會有人繼續賣著水李糖葫蘆。

我杵在原地，身子微微靠向後方的木桌邊緣。

桌上的糖葫蘆掃帚依然直立著。在最後的時間裡，他們沒有時間吃完這道剛剛製作完成的傳統小吃。

於他們來說也很可惜吧。

畢竟那是他們多年以來的羈絆之物。

姚令瑄就這樣在原地站了好一會，接著倔強地用雙手摀住眼睛。

但她沒有哭。

料亭裡只剩下雨聲。

固執地撐到問完所有的事、問到內心所追尋的答案，直到現在，她才放任自己釋放積壓已久的情緒。

我發自內心對她感到佩服。

七年前的某個晚上，玉溪鎮確實被一場大得難以言喻的颱風侵襲。

我印象深刻。

那一夜，也對十歲的我造成了不可磨滅的創傷。

那場颱風舉國皆知，巨大低氣壓形成的強烈旋風，讓整座島嶼都籠罩在暴雨之下。而颱風影響最嚴重的地方，就是玉溪鎮。

許多房子被直接催毀，街道一片狼藉，連森林邊緣的樹木都一整排地被連根拔起。

海岸邊直到颱風過後好幾個月，都堆滿了漂流木與海洋垃圾。

陳奶奶說，姚令瑄的父母做了一件事，一件在許多存在眼裡是禁忌的事。

這個世界上真的沒有巧合啊。

我的父母原本住在這座小鎮，但也是從七年前的那一夜開始，他們幾乎不再回到這座小鎮。

本來默默無名的演奏團在短時間爆紅。

隨之而來的是接不完的商演和賺不完的名聲。

而我……

很多發生在我身上的事，也都是從那一天開始改變的。像是運氣徹底變壞，越看重的事越無法如願，還失去了可以品嘗食物的味覺。

一時間，我的心情也產生了波動。

就像是一顆石子投進心湖，正漾起陣陣漣漪。

我看了一眼正直挺挺站著的姚令瑄。想了一下，我鼓起勇氣走到她身邊，輕輕拍著她的肩膀。

「先坐下吧。」

「我沒事。」

「等妳之後有空了，我再來料亭找妳，妳還欠我一頓晚餐呢。」

「你……好吧……」

姚令瑄似乎想說些什麼，但最後還是無奈放棄了。

在她坐下之後，我決定去倒杯水，於是我起身離開座位，在這間除了我們之外沒有其他人的料亭裡走動。

這裡的擺設和裝潢與兒時的記憶相去不遠。

找到熱茶，我倒了兩杯。

在看著熱茶注入杯中時，我忽然想到，難怪姚令瑄在沙灘上會不惜拜託一個近乎於陌生人的我。

僅僅見過幾次的我們，應該還沒有熟悉到可以互相交付信任的程度。

姚令瑄平常大概也不太會麻煩別人。

若我拒絕了她，她打算獨自一人前往樹林裡拿水李，再去唐先生的糖葫蘆小攤販，拿陳奶奶親手編織的糖葫蘆掃帚。

因為她肩負著尋找重要之人的執念，所以一定要拿到掃帚、製作出糖葫蘆，這樣才能與陳奶奶和唐先生見最後一面。

雨水持續不斷。

這場突如其來的午後大雨未免也下太久了。竹子被風吹動，從料亭外傳進來的雨聲伴隨著轟隆作響的雷鳴，偶爾還有呼嘯而過的風聲。

濕氣很重，甚至有點冷了。

希望喝了熱茶以後，姚令瑄的心情能好一點。

2

乘載時光。

M O N O N O K E R Y O T E I

——不要覺得奶奶囉唆，我只是想告訴你，你的爸爸媽媽很愛這裡，也很愛你。很久以後你可能會知道更多的事，但記住了，絕對不要討厭這裡。

時間正往盛夏推進。

玉溪鎮前方是寬廣無垠的大海，不斷吹拂的海風，調節了鎮上的氣溫。而小鎮後方，則是連綿的群山與少有人煙的原始森林。極深的綠意讓即使時節來到大暑，也不會感到太過炎熱。

林梟這陣子在客廳裡搭起了一個窩。

她用越來越多的抱枕與棉被疊起了自己的巢。就在客廳的角落，背對著通往沿廊的拉門。

這隻紫綬帶大概在人類世界過得太舒適，睡不習慣以前的窩了。

中午時分，我看了看睡姿安詳的林梟。她平常總會在鮑伯頭後方綁著的低馬尾，此時自然地散開在肩頭附近。

她抱了一顆抱枕在胸前，臉靠在枕頭上。

我想了想，如果下午閒閒沒事，我想去鎮上走走。

陳奶奶臨走之前對我說過的話言猶在耳。

不要討厭這裡。

不走到山裡的話，就算沒有林梟陪著應該也沒事吧。

那就讓她繼續睡好了。

打定主意的我走到拉門邊，把窗戶前方的窗簾盡數放下。整個客廳的光線頓時變得更暗了。

這幾天以來，林梟的傷口漸漸好轉，只是她一次也沒有往外飛。

我在廚房簡單地做了烤土司，煎了一顆蛋與幾片火腿後，我帶上畫冊與畫筆離開家。

我走在玉溪鎮的道路上。

陽光明媚，天空是一片亮麗的藍色，偶爾有幾片白雲緩緩飄過，跟昨天烏雲密布的天空相去甚遠。

遠方的群山映入眼簾。

即使在白天，雲霧繚繞的山腰和直到頂峰的山稜線依然充滿了神祕感。

「山裡那座神社……應該還有其他紀錄才對。」我呢喃著。

在岔路口，我選擇走向玉溪鎮的市中心，小販與商鋪林立的地帶。

這裡的行人是鎮上最密集的。

鎮上有間古物堂，古色古香，傳承了百年歷史。

之所以想去古物堂還有一個理由。

前陣子去找陳奶奶時，見到了許久未見的兒時玩伴。而在這座小鎮上，其實還有一個我很要好的朋友。

這一次回來，我還沒去找他。

他家正是那間鎮上唯一的古物堂。

古書、古玩、雜貨、古董……只要富有時代背景、年代久遠的東西，在他們家裡都能找到。

那裡也是觀光客必去的景點。古物堂裡很容易拍出 **Instagram** 風格的照片，是少數幾個在網路上搜尋得到的玉溪鎮景點。

寫著「春林堂」的匾額懸掛在店門口。

兩棵綠色植栽安放在門邊。

滿是復古風格的木門嵌入了一格格透明窗，不僅讓路過的人能看見裡面的藏物，也多了幾分情調。

跨過矮矮的門檻，就能進入占地非常大的古物堂裡。

數張原木桌與陳列架整齊地擺放在店裡，留給客人的走道十分寬敞，一點也不用擔心會不小心碰觸到古物。

春林堂裡十分乾淨，幾乎看不到半點灰塵。

「唔……」

距離上一次來，應該有一年多了。

牆面上以潦草卻勁道的書法寫著——不只乘載時光。

這筆跡看起來有點眼熟。

這裡是以販賣古物為主的店鋪，各式各樣的古玩和古書散發著淡淡的書卷氣息。光是走在裡頭，就能感受到歲月的流動。

溫潤而美好。

彷彿走了進來，觸摸著這些古物，就連時間都緩緩變慢了。

類似這樣的店，在臺灣的文化古城臺南也有不少。

構築這間古物堂的東西，其實不是水泥、磚瓦或木頭，而是歲月與時光。

這時，我眼角的餘光注意到了一幅畫。

外表十分陳舊。

那上面似乎畫著玉溪鎮後方的群山。群山連綿延伸，連接著被稱為「臺灣脊梁」的中央山脈。

山頭的原始森林和山頂，都是一般人根本去不了的地方。

「說不定有神社呢……」

我邊這麼說著，邊走向那幅畫。

畫紙泛黃，邊緣微翹。

時光在這張畫上留下滿滿的痕跡，讓人難以想像它究竟流傳了多久。

我靠近了那幅畫，才發現畫的邊角也有書蟲蛀過的痕跡。

古畫裡的森林率性而有韻味，陰鬱的墨綠色在紙上蔓延渲染。

一如玉溪鎮後方的原始森林。

濃濃的水墨風格，筆觸瀟灑率性，很有復古感。

凝視著畫作，我發現古畫裡居然有一隻小野豬。

「林隱逸，是你？」

聽到熟悉的聲音，我轉過頭，隨後發自內心地笑了。

他是我的兒時玩伴之一，跟我一直保持聯繫，常常到臺北找我玩的葉穿雲。葉家同時也是世代經營著玉溪鎮古物堂的家族。

他留著乾淨爽朗的栗子頭，在夏天看起來格外清爽。

葉穿雲用手拍拍我的肩膀，一身落肩的寬鬆白色T恤，卻隱藏不了他經過鍛鍊、隱約看得見肌肉的前胸與手臂。

「嗯，我剛回來，好久不見。」

「回來還不趕快來找我玩，哈哈哈哈。你回來了，那之前住在你臺北家的那個女孩呢？」

「喔喔，你說林梟啊，她也回來了。」

「我也好久沒看到她了，離上次我去臺北看你們……已經過半年了吧？」

葉穿雲認真地思索著不重要的小事。

他的雙手環抱在胸前，從袖口探出的小臂也是線條分明。

我再次把目光集中在古畫上。

他順著我的視線看向古畫。

「葉穿雲，改天約個晚餐吧？」

「可以啊，好久沒跟你吃飯了。」

「說到這個，鎮上晚上有什麼好吃的店嗎？」

「除了料亭之外，我記得沒有，看來還是約在這裡吧。」

「你煮？」

「改天我們弄個火鍋來吃，你也可以叫那個女孩子來。」葉穿雲隨意地說著。

「可以。」

我不由得在心裡暗笑。

葉穿雲這傢伙是我認識的人裡，個性最隨和的人。溫和到幾乎不會反駁別人，很少捍衛自己的意見與喜好，是個待人溫柔、非常和氣、愜意生活的人。

這樣的人偶爾顧著自家的古物堂，倒也很適合。

我指著古畫裡的那隻野豬。

「挪，你看這個。」

「這幅畫是什麼時候在這裡的……」葉穿雲瞥了一眼，微微睜大眼睛，「那隻野豬你認識嗎？」

「不認識。」

「哈哈哈，牠很有來頭喔。」

「很有來頭？」

「是啊。牠叫『巴魯匝庫』，是臺灣傳說中的野豬。平常都住在地底下，但只要搖動身體或生氣起來就很容易造成地震。」

「我聽過的版本好像是地牛……但也差不多。」

「地牛翻身」甚至是一句諺語呢。

巴魯匝庫——傳說中的野豬，只要生氣起來在地底下翻動，就會造成地震。系出同源的神話流傳至今，也有地牛的版本。

「嗯，都是很常見的傳說。」葉穿雲聳聳肩，不甚在意。

畢竟生活在古物堂裡，家族經營多年，對於這樣具有文化脈絡、歷史傳承的故事，他大概從小聽到大了吧。

「吶，葉穿雲。」

「幹什麼？」

「你知道玉溪鎮靠近山的那側，穿越農田與花田後，到達鎮上最邊緣的地方，有條通往山上的產業道路吧？」

「我知道啊，在我們爸媽那一代都還有人走。」

「果然。我之前在家裡無意間翻到一本《玉溪考據》，書上說山上有一座神社……那是真的嗎？」

「呃……」

葉穿雲第一時間本想回答，卻轉瞬間停了下來。

他想了想，也不知道他到底想到了什麼，不擅長隱瞞的他，最後只能選擇沉默。

這個異常的舉動讓我十分介意。

也再次證實了他幾乎不懂得說謊。

「所以，是有吧？」

他依舊沉默。

「唉，葉穿雲，我認識你多久了。」我沒好氣地笑道：「你不說就是默認，我看得出來好嗎？」

「……你不該問，也不該去。」

「嘖，為什麼？」

「那裡有點危險。」

我頓時無語。

雖然不是沒有料想到會被拒絕，但我沒想到葉穿雲會這麼直截了當。

這讓我忍不住看向他，露出好奇的表情。

「別看我。」

葉穿雲這次懶散地擺擺手，絲毫沒有想要解釋，更沒有說服我的意思。

過了一會，他慢步從我眼前離開，坐向了春林堂角落的茶桌，舉起茶壺，倒了一杯茶香四溢的高山茶。

淡淡的書香與茶香，在空氣間隨著微風流淌。春林堂裡的古物宛如處於靜止的時空，無比寂靜。

我也坐到了茶桌旁，倒了一杯高山茶。

茶香雋永，茶水清澈。

仔細一想，我似乎也有一段時間沒有喝茶了。自從多年前認識林梟，被她傳染了喝咖啡的習慣之後。

我喝了口茶，帶著不懷好意的眼神，探前上半身。

「葉穿雲，你去過神社嗎？」

「怎麼可能去過。」

「那你怎麼知道危險？」

「我爺爺跟我說過，那裡不是普通人應該涉足的地方。」

「但那裡以前是開放的吧？」我追問道：「我在《玉溪考據》上看到了，從產業道路的隱密小路出去，可以找到那間歷史悠久的神社。」

「以前是開放的沒錯，但我們所說的這個『以前』，已經是好幾十年前了。」葉穿雲悠悠地說。

確實，可能都超過五十年以上的時光了。

曾經無比熱鬧的玉溪鎮，小鎮依山傍海得天獨厚的林木業也早已消失無蹤。而那條產業道路上的密道，更是不知道是否還存在著。

山裡到底有什麼？

玉溪鎮後方的群山終日雲霧繚繞，彷彿蘊含著許多神祕的事物。

「好啦，林隱逸，我該去準備晚餐了。」

「等等。」

「嗯？」

「我想買一幅畫，就是剛剛我們一起看的那幅畫。」

迎著葉穿雲困惑與意外的表情，我起身走到那幅畫旁邊。

陰鬱的墨綠色、時濃時淡的雲霧和朦朧的山稜線，雖然畫紙邊緣已經泛黃，但依然強烈地吸引著我。

那種感覺，就好像今天我沒有買下這幅畫，日後肯定會後悔遺憾。

我輕撫邊緣微翹的畫紙，目光再次停留在那隻在森林邊緣的野豬身上。

是叫「巴魯匝庫」吧？

這麼小的獠牙能做什麼呢？

葉穿雲靠近我身邊。

「確定要買嗎？」

「確定。」

「好吧。這一幅畫的價格是六千，你應該沒有要裱框吧？我幫你裝進畫筒吧。」

「好，麻煩你了。」

我在櫃檯把錢交給葉穿雲。

他遞給我一支長長的畫筒，裡面裝著捲好的古畫。

把畫筒拿在手裡，不知道為什麼，隱約有幾次震動傳到手心。我沒有多想，只是把畫筒晃了晃，震動馬上就停止了。

是錯覺吧。

我看了眼店裡的時鐘，離太陽西下還有好長一段時間。

「吶，葉穿雲，你知道以前常常在夕陽時把我們趕回家，在學校前面賣著糖葫蘆的陳奶奶走了嗎？」

「我聽說了。」

葉穿雲的眼神頓時黯淡。

還稱得上年少的我們，幾乎沒有經歷過他人的生死。

這是第一次。

「雖然很難過，但幸好奶奶走得很安詳。」我用手親暱地拍拍他的肩膀，「葉穿雲，改天我帶林梟來這裡吃火鍋，記得啊。」

「嗯，來之前跟我說一聲。」

「走了。」

我把畫筒斜掛到肩膀上。

在夕陽西下之前，有個地方我想去看一看——玉溪平原與群山的交界。

在沒有林梟的情況下，不，就算是有林梟在我也不敢走進山裡。林梟上一次飛出去受了傷，到現在都還待在家裡。這隻驕傲的紫綬帶不知道到底經歷了什麼或跟誰打了一架……直到現在她都還是不肯說。

重整思緒。

我很好奇，到底有沒有通往神社的小道。

那條傳說中的、產業道路上的密徑。

從小到大無數個午後，每次坐在家裡的沿廊往前方看去，最遠的風景一定是安靜而神祕的群山。

與山之間，是一望無際的稻田與花田，金黃色的光芒灑落在飽滿而垂下的稻穗上，暈染出稻穗豐收的色澤，好似夏日陽光給予大地的恩賜。

稻田間依稀看得見田埂與河渠，或偶爾走在小路上的遊客，那是很美的田園風情。

看久了，我總會在心裡想像，穿越連綿無盡的農田以後，看到的會是什麼呢？

是一條難以跨越的河流嗎？

還是群山森林與小鎮的分界呢？

「只要不走到山上，應該沒事。」我低聲呢喃。

在夏日午後，我帶上畫筒往群山走去。

清風吹拂著我的臉頰，捎走了多餘的黏膩。

今日的雲很少，晴空萬里。

坐在沿廊看起來，家裡離群山十分遙遠，所以我也不知道去往小鎮邊緣要走多久。

從春林堂離開，我先是走在大馬路上，後來為了抄小路，我走上了稻田之間的田埂。

回頭一望，離玉溪鎮的市區已漸漸拉遠了距離。

這裡有一些農舍，雖然不知道到底有沒有人住，但還看得見幾個農夫在耕作。

我繼續往前走。

不知道走了多久，看了下時間約莫下午四點多，我終於走到了農田與森林的交界。

一條溪流從森林裡湧出，匯聚到了田邊的河渠之中。河水清澈見底，能看得見在水底滾動的小石頭與穿梭其間的河魚。

這裡就是交界處了。

「呼……」

再往前走入森林，就幾乎是闖入了玉溪群山。

此刻回頭，玉溪鎮在我眼裡已經變得十分模糊。

這是我第一次走這麼遠。

即使在無知卻勇敢的孩提時代，我跟好搭檔葉穿雲也從來沒有跑這麼遠過。每次稍微跑遠了，就會被大人趕回來。

大人都說：不要去山裡。

玉溪山很危險。

很多諺語和警告背後都是有理由的。確實，要是輕易闖入森林，很容易迷失在裡頭，尤其是玉溪鎮附近的森林。

罕有人煙，少有開發。

說不定真的有機會可以找到那座神社，我這麼想著。

大山矗立在眼前，山頂氤氳環繞，陰鬱的墨綠色在眼前散開，自然而然地渲染出一望無盡的森林。

我心中突然浮現剛剛買下的畫作所描繪出的風景。

就差了那隻小野豬，不然，這簡直是如出一轍的畫面。

我左顧右盼了一會，沒有看到那條通往山上的產業道路，可能還要再找找吧，畢竟玉溪鎮邊緣與森林交界的地方十分寬廣。

「今天就先這樣吧。」

走到這裡，近距離欣賞到了玉溪群山，還看到了從森林裡流出的溪流，也是時候該回去了。

不然時間就太晚了。

就在此時，太陽自臨海的天邊緩緩西沉。

夕陽的光芒穿透了一層又一層的雲層，越過農田，最後將我的臉頰染上了美麗的橙色。

夕陽之下，我看到了一個女人。

一個長髮飄逸的女人在不遠處的河渠邊，正拿著一疊紙張塗塗寫寫著什麼。

在她身後，是一片被夕陽染紅的花田。

「咦？」

剛才這個女人在那裡嗎？

之前沉浸在山林氣息中的我根本沒有留意。

我揉揉眼睛，再次看向那個女人。

長髮飄逸的女人確實坐在河渠邊。她把雙腿併攏在胸前，把紙張放在大腿上，面對著玉溪群山埋首作畫。

一陣風從山上輕拂而過，牽動了她的髮絲與身後的花田。

那是一本用麻繩固定的、簡陋的素描本，而女人正在畫著眼前的玉溪山。

好奇心被瞬間勾起的我，想也沒想便走了過去。

我看不出來她的年紀，只看得出比我稍微年長一點。

迎著夕陽的光輝，我踏過柔軟的青草地走向她。

「午安。」

我並沒有得到任何回應。

「午安？哈囉？」

女人先是抬起頭，像是在搜尋著什麼，隨後往左側一看，發現了我。她順手整理了一下瀏海，露出納悶的表情。

「嗯？你是？」

「我住在玉溪鎮，剛好過來看看這座山，看到妳在畫畫，才走過來打招呼的。」我凝視著依然困惑的她，繼續補充：「我平常也有在畫畫。」

「是看到我在畫畫才走過來啊？」

「是啊。我最近在尋找最能代表玉溪鎮的事物，只是一直不知道要畫什麼。看到妳在畫畫，所以有點好奇。」

「喔，原來是這樣啊。」女人靜靜點頭。

她沒有再說什麼，只是繼續埋頭畫著。

看她拿筆的姿勢與運筆的手法非常熟練，這是喜愛畫畫或是投入了大量時間練習才可能達到的水準。

我在她左側坐下，想試著以她的角度看看玉溪山。

我仰頭一看，偌大的群山、茂密的森林與雲霧繚繞的山峰頓時占據了全部的視野。

我把身後的畫筒解下，順手放在手邊。

在解下畫筒時，我明顯感受到一股衝擊回震到我的手上，遠比在春林堂感受到的震動劇烈。這次我萬分確信，這股力量是從畫筒內部發出來的。

傻眼。

是那幅古畫嗎？

我暫時忽視了身邊正在畫畫的她，也完全不想看向古畫。我低下頭，雙眼看向河渠間正在漫步的螃蟹，無奈地嘆口氣。

這樣也可以跟不一般的事物扯上關係？

我只是想買幅畫而已。

原先埋首在紙頁之中的她，突然輕聲問道：「你說你也想畫玉溪鎮？那你有想過要畫什麼嗎？」

「想過，但還沒有決定。」

「喔？可以說幾個給我聽嗎？」

一頭長髮的女人似乎很感興趣，暫時停下了手上的畫筆。

我凝視著她睫毛修長的雙瞳。

「玉溪鎮是臺灣現在很難得一見的小鎮。我想能呈現文化脈絡又能展現在地風情的東西。像是傳承百年的料亭、充滿時代痕跡的春林堂、沿廊往外看去的田園風情……」接下來這句話本來可以不說，但我還是開口了：「但我最想畫的，其實是神社。」

「神社？」

「嗯，雖然還沒親眼看過，但從玉溪鎮的一些古書籍中，我發現山裡有一座隱蔽的神社。可能……呃……有一百年以上的歷史了。」

「這裡真的有神社喔。」

「嗯？」

「想問我為什麼知道嗎？」她淡然地反問。

「妳怎麼會知道？」

面對我的疑問，長髮女人拿著簡陋的素描本站了起來，笑著說道：「很久以前，我走在玉溪山裡的小路上，一不小心走錯路，誤闖了一條隱密的岔道，走著走著就走到神社前面了。啊，我記得還有鳥居呢。」

「所以真的有啊？」

「對，只是那是很久很久以前的事了。」女人的眼裡透著追憶與懷念。

她將素描本靠放在腿上。

最上面一頁正畫著眼前的玉溪山。

脫離了世俗喧囂的玉溪鎮，小鎮後方的群山從很久以前就充滿了神祕的氣息。長髮女人的筆下，將淡淡濃霧和遺世獨立的氛圍勾勒了出來。

一陣風揚起了有些泛黃的紙頁。

紛飛的紙頁在我眼前一頁頁飛快地跳動著。

我忍不住吸了一口氣。

突然被強烈執著的情感衝擊的我，最後閉上了眼睛。

「我先走了，太陽要下山了，請小心。」她這麼說著。

我望著她沿著河渠走向田埂，那裡是與我家截然不同的方向。迎著漸漸變涼的晚風，我也開始步行回家。

緊抓著手裡的畫筒，我再次回頭眺望矗立在眼前的群山。

記憶裡的畫面忽然與眼前的視線重疊。

好像啊。

長髮女人的畫跟我手裡的這幅古畫十分相似，但她那只是普通素描，跟我手上這幅完成的墨水古畫截然不同。

我走在逐漸被夕陽光芒吞噬的小道上。

直到抵達家中。

一踏進客廳，我就聞到了一股香氣。

面向花田與稻田的沿廊拉門敞開著，香氣在通風的空間中流淌。往外看去，是一片夜色降臨後的田園風景，遠方的小鎮人家正點起了燈火。

我看了一眼角落。

抱枕堆成的小窩還在。

空氣間有烤牛排跟烤麵包的味道，大概是林梟在煮東西吧。

我把畫筒放在矮桌上，前往隔壁的廚房。

穿著熱褲與黑色短T的林梟正圍著料理圍裙，發現我在身後，便用本來扠腰的手指指身邊的盤子。

「回來啦，林隱逸。」

「……妳居然在煮晚餐？」靠，真的見鬼了。

「你心裡是不是在想『哇，見鬼了，林梟這傢伙居然在煮晚餐』——是不是？怎麼樣，我不能煮東西嗎？」

「我哪可能這麼想啊。」我故作嚴肅地抗議。

上一次林梟主動煮晚餐……我認真回想了好久，卻搜索不到相關記憶。在臺北住了那麼多年，林梟在家總是叫外送。

曾經辛苦在各國過境、尋覓溫暖小窩的紫綬帶，早已染上人類社會好吃懶做的惡習。

真是讓人不勝唏噓。

「嘿，無所謂。你這傢伙把盤子跟碗先拿出去吧，我快煮好了。」

「沒問題。」

我拿起盤子跟餐具走回客廳。

走之前瞧了一眼，牛排確實是有，表面完美上色，肉汁的香氣被鎖在肉裡。火候控制得很好，已經切下幾塊的肉片顏色由外到內漸漸變紅。最佳的三分熟。

沒有看見烤麵包，林梟正在煮的是義大利麵。

經過了比預期中還要充實的一天，其實我早已疲倦不堪。能吃到林梟親手煮的晚餐，大大振奮了我的精神。

即使品嘗不出味道，但能感受到心意不就好了？

最後的飲料，自然是咖啡了。

在林梟端出料理前，我先來煮兩杯手沖咖啡好了。

那要喝什麼呢？

把空盤與餐具放在桌上，我搓搓雙手，走向放有咖啡豆的櫃子。沿廊外傳來風的聲音與幾聲鳥鳴。

薇薇特南果。

瑰夏。

第三支，則是風格最特別的豆子之一——衣索比亞的耶加雪菲。

相較於一般的精品咖啡，耶加雪菲以清新明亮的口感著稱，嘗起來有強烈的果香與茉莉花香。

酸味鮮明，風味很有個性。

很多人會說，與其說耶加雪菲是咖啡，不如說是一杯道地的水果茶。

咖啡入口，百花便會在口齒間綻放。

一想到今天我穿越了玉溪鎮後方一片廣大的花田與稻田，百花盛開的景色在心裡閃過。

那就喝它吧。

我拿起耶加雪菲的咖啡豆，沖了兩杯香醇的咖啡。

我剛把咖啡放到餐桌上，並把桌上堆置的雜物好好整理了一遍後，林梟就捧著裝有牛排的盤子還有一盤義大利麵走了進來。

料理放在桌上，她隨手解掉圍裙。

「耶加雪菲？」

「嗯。」

「也好，有段時間沒喝耶加雪菲了。」林梟拉開椅子，坐在我的對面。準備享用前，她發現了不遠處牆邊的畫筒，「嘿，那個畫筒是什麼？」

「一幅畫。」

「一幅畫……」林梟注視著畫筒幾秒，「是古畫啊。說，你在哪裡找到的？」

「春林堂。」

「鎮上那間古物堂？」

「是啊。我今天去找葉穿雲聊天，在他家的古物堂看到就買下來了。裡面是玉溪山還有一隻野豬。」

「葉穿雲……是那個在臺北也會跑來找你玩、高高的男生吧？」

「就是他。」林梟果然還記得。

「只是在他家選了幅畫而已啊……不是我要說你，林隱逸，你隨隨便便就可以帶回來很不一般的東西呢。很行。」

「我是真的沒想到……」我無力地說著。

從葉穿雲手中接過畫筒的剎那，便感受到畫紙傳來的震動。

但我根本不明白那是什麼。

林梟可能知道吧。

要認真說的話，姚令瑄可能也知道。

「我並不想跟這些事扯上關係啊。」

為了宣洩心中的鬱悶，我舉起叉子，往牛排叉了過去。

林梟煎好的牛排很大塊，是一整塊的肋眼。

她只在牛肉的前端部分切了幾片，其餘的牛肉沒有切開。這麼做比較容易保溫，也能鎖住香氣四溢的肉汁。

我吃了一塊，肉質軟嫩，但我品嘗不出味道。

我在吃著，林梟卻沒有動作。

她的手肘倚在桌上，用手掌托住下顎。一開始露出看戲的表情，後來她想了想，稍顯認真地站了起來，走到畫筒旁邊。

「我還是看一下好了。」林梟拿出了古畫。

那是我下午在春林堂買的古畫。

以水墨的筆觸，描繪出近距離仰望高山的風景。一棵棵茂密生長的樹木，形成了龐大而少有人跡的森林。

林梟把從畫筒裡拿出來的古畫，盡量攤平後鋪到客廳的矮桌上。那裡是平常我工作的地方。

她隨手拿了幾本書，壓住古畫的邊角。

左手扠在腰間，右手漫不經心地順了下從耳畔垂落到臉蛋邊緣的微捲髮絲。林梟率性的短髮配上低馬尾的造型實在太適合她了。

她無所謂地嘿嘿一笑。

「比想像中還不得了啊。」

我頓時無言。

「林隱逸，先是在鎮上買晚餐遇到賣糖葫蘆的地縛靈，去海邊遇到姚家的大小姐，現在在朋友家的古物堂買個東西，居然都能買到這種蘊含強大力量的古畫。很行，越來越行了。」

「說人話。」

「怎麼？歧視紫綬帶嗎？」林梟假裝惡狠狠地瞪我一眼，攤攤手，「這隻在山中森林的野豬，你知道是什麼嗎？」

「葉穿雲有跟我提到，似乎叫『巴魯匝庫』。」

「喔？他懂這麼多嗎？」

「他們家世代經營古物堂已經很多年了，他從小就浸泡在滿滿都是古物的環境裡，他爺爺也教過他很多事。」

「喔……他爺爺啊。」

這隻雖然認識多年，但還是對我隱瞞很多祕密的紫綬帶，露出了令人玩味的表情。

我終於坐不住了。

我放下了刀叉，走到她身邊。

「吶，林梟。」

「嗯哼。」

「妳為什麼說這幅古畫很不一般，且蘊含強大的力量？」

「這種等級的古物已經不能用常理來解釋了，就算是我沒事也不會去接觸它。你今天買了它之後，有遇到什麼事嗎？」

「我走到山腳下，看到那邊有一條從森林裡流出來的小溪。」我實話實說。

「哪座山？」她問。

「那座。」我自然地觸碰林梟的肩頭，讓她看向沿廊的方向。

遠方，跨過了整片平原之後，是矗立在視野彼方的群山。

夜色正濃。

唯有月光淡白的光芒，讓我們勉強可以看清玉溪群山的輪廓。

林梟往前走了幾步，直到雙腳踏上了沿廊的木板。

她雙手抱在胸前，瞇著眼眺望著夜晚時分的花田。不知道為什麼，似乎還有一點像是在跟群山對峙的氣勢。

「林隱逸。」

「怎麼了?」

「你什麼時候去的?」

「下午,太陽快下山的時候。」

那時橙色的溫暖光線占據了半片天空,讓整片花田都染上同樣的色彩。

「真會挑時間。你既然走到山腳下了,那你看到了什麼?」

我稍微愣了一下。

「……嘖。」見我猶豫,林梟嘖了一聲。她伸出手指探向我的下顎,深邃得一如星空的眼瞳直勾勾地看著我,「巴魯匝庫生氣起來真的會引起地震喔。」

「哪裡有巴魯匝庫?」

「不要裝傻。」

「那幅古畫裡的小野豬?牠是巴魯匝庫我知道,但那只是一幅畫而已。」

「那我還是一隻紫綬帶呢。」林梟小小地翻了個白眼。

對於怎麼表示對我的不屑，這傢伙的花招可多了。

她微慍地用手指把我推開。

「林隱逸，老實告訴你吧，那幅古畫是封印，但到底怎麼畫出來、畫家到底經歷了什麼、跟巴魯匝庫有什麼關係我統統不知道。當然，我也不太想知道，我對野豬沒什麼好感。」

我有點無言。

「古物堂應該比這裡更適合收藏這幅畫，是我的話，會把古畫還回去。」

「那我該怎麼做？」

「你幾歲了？」

「十七。」

「廢話嗎？我是說，你要自己決定。」林梟斬釘截鐵地說。

我保持沉默。

她很少這麼堅決。

拋下這句話之後，她用手順了順頸後短短的低馬尾，走回桌邊拿起那杯涼掉的耶加雪菲。

我站在原地，想了幾秒後發現自己根本毫無頭緒。

既然沒有想法，那繼續糾結也沒什麼意義，還是先填飽肚子吧。我走回餐桌，繼續吃起牛排跟義大利麵。

「吶，林梟，不說這個了。」

「喔？」

「妳到底要不要告訴我，妳之前是怎麼受傷的？」

她無聲地看著我，捲起義大利麵的叉子稍稍停下：「你好像問過了，幹嘛想知道？」

「我想知道是誰欺負妳，這不是很正常嗎？」

「然後呢，幫我報仇？」

「這個……抱歉，妳都打不贏了，我就是個砲灰。」

「嘿，開玩笑的。林隱逸，我很感謝這幾天你特別照顧我、關心我。」林梟的臉蛋浮現出少見的靦腆，她低聲細語著：「但現在還不是時候。」

「好吧。等我把巴魯匝庫的事解決完再說也可以。」我不再追究。

林梟的個性不喜歡糾纏，我也是。

漂泊淡然，灑脫自在，愜意無為，對很多事都能輕易放下，不必要做的事就不要做，這才是我們最大的共通點。

那一夜，享用完晚餐，我跟林梟一起把碗盤清洗乾淨。

林梟先是在沿廊吹了會風，才跳進由抱枕堆成的窩裡。我偷笑了一下，繼續在矮桌上閱讀著《玉溪考據》。

想查查看書上有沒有寫到關於巴魯匝庫的記載。

如果《玉溪考據》沒有，那在爸媽房間的書櫃和客廳書架上、那些塵封多年書籍中，會不會有著相關的記載呢？

為什麼這幅古畫是封印？

那這幅畫封印著什麼呢？

是一隻能造成地震的小野豬？

當初，是誰畫下了這幅畫？又用了什麼手段，才能僅憑一幅畫就封印住巴魯匝庫這樣具有強大力量的傳說生物。

——你今天買了它之後，有遇到什麼事嗎？

林梟直入核心的這句話，勾起了我心中的記憶。

然而我並沒有告訴她。

今天，我曾經在山腳之下，於夕陽時分，看到一個長髮女人正在畫著玉溪山。

夕陽是特別的時空，獨立於黑夜與白晝。

也是陰與陽的分界。

如果說一天裡，哪一個時間段最容易看到不一般的存在，那黃昏就是唯一的答案。

今天我剛好從春林堂裡買到了古畫。

手持古畫，在夕陽將臨的時間點，剛好踏上了古畫中描繪的風景——玉溪群山。這樣一想，當天我會看到什麼就不意外了。

我抱持著無數個疑問，直到在自己房間裡緩緩睡去。

3

穿越時光的唯一

M O N O N O K E R Y O T E I

隔天午後，我照例睡到自然醒。

從床上起身後，我前往沿廊，漫無目的地看著平原上的風景。

嗯，在出發前沖一杯咖啡好了。

用一杯咖啡的時間，再多想想該怎麼解決古畫的問題。

我在家裡翻看著《玉溪考據》與其他古書，卻沒有找到太多關於巴魯匝庫的記載。

這有幾種可能，可能是巴魯匝庫沒有那麼出名，也可能是古書被人們撰寫的時間，離巴魯匝庫現世的時間差距甚遠。

如果把古畫還給春林堂，等於把燙手山芋丟給了葉穿雲。

這種事我做不出來。

那麼，只剩下另外一種選擇了。

午後三點，我重整精神，背起畫筒往山腳下走去。與昨天一模一樣的路線，但心態上卻完全不同了。

蝴蝶在花田裡飛行。

小魚在河渠裡悠游。

最後，在夕陽暖橙與火紅交織的光輝即將穿越海平面，透過雲層，將光線暈染玉溪鎮前，我抵達了山腳下。

玉溪群山與平原的分界處。

那條從森林裡流淌而出的小溪就在眼前。

我轉過身背對群山，用手揉了揉眼睛，夕陽已經悄悄地到來了。

夕陽燦爛的餘暉閃耀著耀眼的火紅，稍稍有些刺眼。我瞇起眼睛看向河渠邊，那名長髮女子果然又出現了。

與昨日相同，她正埋首於手上的紙頁。

我抓抓頭髮，用手指彈了下額頭。留給我躊躇的時間不多了，夕陽是特別的時空，陽消陰長，任何不尋常的事都有可能在此時發生。

第一次見到唐先生的糖葫蘆小攤販，也是在夕陽西下，即將步入夜幕之時。

接著，我抬腳往前走去。

「等一下。」

一隻手從我的背後拉住我的肩膀。

不必回頭，僅憑著那道並不是非常熟悉的聲音，我就認出了身後的人是誰。

我嘆了口氣，沒有回頭。

然而那雙手沒有給我任何機會，她輕輕施力，把我轉了過去。

果然是她。

「好久不見，林隱逸。」

我看著她，一時說不出任何話。

她穿著長袖襯衫和漾著海浪波紋的湛藍裙裝，手上正拿著一頂淺色的漁夫帽。她白皙的光滑肌膚，在穿上冷色系的衣服後更顯明亮了。

她柔順的長髮正隨風飄揚著。

她伸手勾了下耳邊的髮絲，略顯瀟灑和不甚在意。

染上冷色的亞麻髮絲，帶了點獨一無二的棕與青。垂落胸前的部分稍稍內彎，輕盈的瀏海頗具空氣感，平常總是一副半撩開、快要滑落的樣子，此刻卻被風輕輕揚起。

對於那些不一般的存在，她遠比我來得清楚。

姚令瑄緩緩開口，她的聲音就像春天裡初生的花朵般，帶著生命的堅韌與輕柔。

「你要去找那個女人？」

「對。」

「所以你看到她了。」

「我看得到……事實上，我昨天下午來的時候就見過她了。」

「你有跟她聊天嗎？」

「聊了一些關於畫畫的事。」

「喔……你也喜歡畫畫？」姚令瑄用手指抵住下顎，「那你們有聊到巴魯帀庫嗎？」

「沒有。」我搖搖頭。

巴魯匝庫的事，雖然在春林堂裡葉穿雲有跟我提過，但這幅畫裡封印著傳說中的野豬，是昨天晚上林梟跟我說我才知道的。

「要是我沒有出現，林隱逸，你想怎麼做？」

「我想跟她聊聊巴魯匝庫的事情。」

「為什麼？」

「因為……」我頓了一下，醞釀了會情緒：「我手上的畫筒裡，那幅玉溪群山的古畫就是她畫的吧？」

「你怎麼知道？」

「我看到了。」

姚令瑄眯起眼睛看著我。

「妳都這麼問了，所以這就是事實，對吧？只有她知道巴魯匝庫為什麼會在畫裡，而這隻野豬一直想跑出來，尤其是在靠近那個女人的時候，畫筒傳來的震動就越強烈。」

「厲害，能推理到這種程度。」

姚令瑄露出嘉許的表情，淡然地往前走去，並示意我跟上。

我們一步步靠近溪流。

夕陽燦爛的光輝照耀著我們，與因背光而顯得黝綠灰暗的玉溪群山呈現出強烈對比。

姚令瑄用手按著漁夫帽。

我們逆風而行。

「既然你猜到是她畫的，那要怎麼解釋她現在會出現在這裡呢？」

「我們眼前的她，一定是被強大的思念留了下來。這絕對不是什麼單純的時空錯置，也不是我們看到了幾十年前的舊事。

「而是，她就在這裡。」

「強大的思念？」姚令瑄清澈得彷彿能看見所有思緒的雙眸，微微一眨，

「我喜歡這個說法，很浪漫。」

即將靠近溪水邊時，姚令瑄再次伸出纖細的手臂，橫在我的胸前。

長髮女人沒有發現我們。

「林隱逸，我雖然接觸過很多妖怪和神祇，但我通常不知道他們為了什麼而存在，又為了什麼而消逝。」

「嗯……」

「我能做的很少，但我還是想嘗試著去理解他們存在的原因。」

我默默地看著她。

「你剛才的說法很有趣——她是被強大思念留下來的存在，不只是單純的時空錯置，而是她確實就存在於這裡。」

姚令瑄漸漸放下手。

她身上那抹帶有大自然清新的青草氣息，若即若離，似遠似近。

她安靜地注視著前方。

我與她一同感受著，從海的彼方一路照耀到我們臉上的夕陽光芒。

「那你要怎麼證明她就在這裡呢？」

「這……」我稍顯遲疑。

「我知道你在想什麼。」姚令瑄微微彎腰，由下而上盯著我，「你其實知道方法，只是在擔心後果。」

被猜中了。

我徹底呆愣在原地，一動不動，一如稻田裡呆滯的稻草人。

天啊，她有讀心術嗎？

直到姚令瑄用手指彈了一下我的額頭。

「你是古畫的持有人，古畫選擇了你。」

「這只是偶然。」

「這個世界上沒有偶然。

「你所做的每一件事，仔細推敲之後，都是必然的結果。古畫選擇了你，巴魯匝庫選擇了你，而現在，你必須要做出決定。」

「為什麼？」為什麼我必須做出選擇？

「把畫撕掉，摧毀封印，巴魯匝庫就會從畫裡跑出來——如果牠生氣了，整個臺灣都會被地震撼動，陷入非常危險的境地。」

「如果不撕呢？」我沉聲反問。

別開玩笑了，這是我能選擇的事情嗎？

「如果不撕，那暫時沒有任何事會發生。可是巴魯匝庫會繼續衝撞古畫的封印，你應該感受到了吧？」

我忍不住握緊手上的畫筒。

「繼續這樣下去，古畫的封印也快到極限了。」

我手上這幅古畫，已經有數十年的歷史了。

就算被書蟲蛀掉一角也是很正常的事。

但，就是這麼湊巧嗎？

「姚令瑄，我問妳一個問題。這幅古畫存在了幾十年，怎麼會這麼剛好……在這時候到了極限呢？」

「這個世界沒有偶然。」她的睫毛低垂，稍稍別過頭，「經過了這麼多年，古畫出現在春林堂，而你又帶著古畫來到了這個地方、遇到了那個女人……

「那就代表著，牠也看到她了吧。」

作畫的人與被畫的存在，巴魯匝庫與那個長髮女人之間一定有什麼關聯。

姚令瑄的聲音輕柔如風，帶著些許感傷，重重地敲在我的心上。

「……讓我想想。」

我慌亂地抓著頭髮，有點不知道該怎麼做。

運氣在七年前急遽變差的我，最害怕的就是做出決定了。尤其是這種會影響很多事物的決斷，常常令我如墜深淵。

恐懼。

害怕。

後悔。

各式各樣負面的情緒侵襲著我，我無措地站在原地，腦袋一片空白，最後忍不住把臉埋進手掌之中。

為什麼不好好待在臺北呢？

在臺北家裡，乖乖當一個準備升大學的高中畢業生，好好耍廢追劇、混吃等死，這樣不是很好嗎？

為什麼要回玉溪鎮？

我陷入了無端的混亂和自責之中。

這時，一道夕日透過雲層縫隙灑落在玉溪山的山腳下，我的腦中倏地閃現出片段記憶。

是昨日那個埋首於創作的長髮女人。

在我將要離去之時，她靜靜地將素描本放在腿上。一陣風拂過，讓紙頁一頁頁在我眼前跳動。

我清楚地看見了。

終於，我深深地、深深地吸了一口氣。

打定主意後，我往前走去。

姚令瑄看著我，並沒有伸手阻止。

而我帶著畫筒，走到了那個長髮女人身邊。

「下午好。」

「……是你啊。」

「是，我們又見面了。」

「有事找我嗎？」女人莞爾一笑，動作自然地把素描本翻到空白的一頁。

「我想給妳看一幅畫。」

「是關於玉溪鎮的嗎？」

我轉開畫筒，把那幅古畫小心地拿了出來。一手在上，一手在下，把畫完全攤開在長髮女人面前。

與世隔絕、遠離世俗的玉溪群山。

林蔭茂密、鮮少有人踏足的原始森林就像是墨綠色的海洋。

雲霧把群山變得神祕而朦朧，引人遐想。

在這樣神祕的森林中，一隻長著小小獠牙的野豬就在畫的一角。

古畫在我手中不斷震顫。

牠想出來。

我咬緊牙根，硬是壓下心中狂跳的不安。

要是做了錯誤的決定，我真的有辦法承擔這嚴重的後果嗎？

如果林梟在這裡，她一定輕哼一聲，以不屑的口吻說道：「失敗？承擔？

嘿，我們不需要討論不知道會不會發生的事情。」

「林隱逸，專心。」

此時，姚令瑄已經來到了我的身邊。

她的手掌緊貼在我背後，給予我一股安定的力量。

我把注意力集中到長髮女人的身上。

起初，她先是一臉費解，隨後露出了納悶又驚慌的表情，一度伸手想接過古畫，最後卻又將手停在半空中。

我看著她，緩緩開口：「我看到妳的素描了，我知道妳在畫什麼。」

她垂下停在半空中的手，另一隻手緊緊抓著泛黃破舊的素描本。

「妳後悔嗎？」

「……我為什麼要跟你說？」

「因為牠在這裡。」

長髮女人痛苦地閉上眼睛，再次握緊了垂在身側的雙手。

我不知道以前發生過什麼。

我只知道，一定是過於強大的思念才能把她永遠地留在了這裡。

我再次輕聲問道：「妳後悔嗎？」

她眼眶泛紅，指掌幾乎要將素描本穿透，但她依舊沒有開口。

「妳難道不曾後悔過嗎？」

「後悔啊！我當然後悔啊！利用牠喜歡我的心情，偷偷答應別人，把牠封印起來，這是我做過的、最白痴、最愚蠢的決定！我、我……我當然後悔啊！」

終於，悔恨的心情壓垮了她偽裝。

那是近乎聲嘶力竭的嘶吼，帶著痛苦和懺悔，在空曠的田野上悠悠迴盪。

古畫裡傳來前所未有的震動，讓我幾乎握不住畫卷。

「我知道了。」

得到了肯定的答覆，我緩緩把手移向畫的兩側，沒有任何徵兆，我瞬間撕掉了那幅古畫。

被撕成兩半的畫紙在半空中飄揚。

一股強大的風壓襲來，把我直接震倒在地上。我艱難地抬起頭，看著依然站在原地、表情淡漠的姚令瑄，和她那隻向我伸出的手。

幾乎是瞬間，我伸手抓住了她。

無形的力量襲向了周圍的花田與附近的森林，轉瞬之間，一隻巨大的野豬從撕毀的古畫裡猛然竄了出來——

好久好久以前，玉溪鎮裡還保有著祭祀百獸的文化。

前有大海，後有山林，或許是因為獨特的地理環境，讓玉溪鎮逐漸孕育出不同於其他鄉鎮的小鎮文化。

山裡有山神。

森林裡有飛禽走獸。

小鎮邊緣與深山裡也有妖怪。

在那個通往玉溪群山的產業道路仍然發達、鎮上的男人每天都會走上步道來回小鎮和深山之間運送原木的時代，玉溪山裡有一座祠堂，專門祭祀小鎮居民深深信仰並敬畏著的飛禽走獸與神靈。

傳說中，生氣就能引起地震的野豬——巴魯匝庫，牠的雕像也在裡面。

只是，已經很少有人會在野豬的雕像前放下供品了。

原因說起來也很簡單：太久沒有地震了。

古老的傳統和老一輩的智慧裡，很多東西都是來自於對大自然的畏懼。

因為畏懼，所以祭祀。

因為乾旱，所以獻上祭品祈求雨水。

因為歉收，所以獻上供奉渴求豐收。

出於對未知的恐懼，或想要向自然祈求些什麼，人們才會尊敬並供奉那些虛無縹緲的存在。

但對於數十年沒有經歷過大地震的玉溪鎮來說，居民們早已忘卻巴魯匝庫所蘊含的意義。而且即便發生地震，鎮上普遍不高的建築也從來沒有造成過嚴重的災害。

我的雕像還能放被祠堂裡，已經是奇蹟了啊。

每天在不遠處的草叢後方，看著那座野豬雕像的巴魯匝庫總是這麼想。

就連林鳥的供奉都比牠多。

更別說是象徵祖靈的百步蛇了。

雖然雕像前堆著滿滿的食物是一件很幸福的事，但就算沒有供品，巴魯匝庫也覺得沒關係。

牠可以自己在山裡奔跑獵食。

守護神的職責是守護，而非受人敬崇和祭祀。

牠在心裡這麼想著。

無論如何，巴魯匝庫的小日子過得還是挺滋潤的。

巴魯匝庫跟很多山裡的飛禽走獸都是朋友。牠經常在森林裡奔跑，四足飛快地踏過被落葉堆滿的林地和長滿野果的矮樹叢，或是在被雨水浸潤的青草地上漫步。

玉溪山上的野豬不多，但牠也認識了幾個好朋友。

可惜牠與牠們的壽命相差太多，所以牠總是不停地告別。

告別朋友，告別生命，告別無數個春夏秋冬，告別數不盡的新生和消逝。

如果沒有遇到她，牠或許會平凡地成為一段被人銘記的傳說，抑或是被歲月的洪流吞噬，直至再也無人提起、無人知曉，如同那些被遺忘的神祇。

倘若那天牠沒有回到祠堂，沒有去偷吃百步蛇的供品，或許接下來所有故事都不會發生吧。

但這個世界沒有偶然。

那是一個普普通通的夏日午後。

那時，牠正計畫著要去偷吃供奉給百步蛇供品。但才剛來到祠堂附近，就看到一個長髮飄逸的年輕女人在自己的雕像前，動作優雅地放下一籃水果，雙手合十，表情虔誠。

巴魯匝庫不是特別喜歡水果，可是難得有人前來送供品給牠。

牠非常開心，幾乎要原地跳了起來。牠迅速往祠堂後方跑去，想要躲進灌木叢裡，看看那個女人的長相。

是一個十分溫柔的女人呢。

這是牠對她的第一印象。

女人的年紀約莫二十五上下，看上去沒怎麼經歷過風霜，雙手纖細白皙，帶著一點薄繭，可能是鎮上某個家族的大小姐。

她有著一頭及腰的黑髮，身上散發出巴魯匝庫從來沒有聞過的味道。

好香。

她是誰。

想跟她一起玩。

等到那個女人離開之後，巴魯匝庫興奮地跑到自己的雕像前。不得不說，鎮民打造牠的雕像時，本意是讓更多人尊敬與畏懼，所以雕像有著大大的獠牙和凶狠猙獰的面貌。

跟真實的牠不一樣，至少牠平日裡的身形甚至沒有雕像的獠牙巨大。也許牠憤怒時會變得猙獰而可怕，並讓地面劇烈搖晃，但牠其實很少生氣，也很少讓震顫傷害到玉溪鎮的居民。

那天巴魯匝庫大口大口吃著水果。

牠很久沒有這麼滿足了。

第二次看到那個女人，是在玉溪山的山腳下。牠一如往常地在森林裡奔跑著，覺得口渴了，便順著水流潺潺的聲音找到了小溪，隨後跟著小溪一路往下游走去。

走著走著，牠不知不覺來到了森林與平原的交界。

平原上種滿了水稻與百花。

只要穿越偌大的平原，就是人類的居所了。

巴魯匝庫很少跑到離森林這麼遠的地方。靠近人類很危險，牠不知道人類會做出什麼，也不知道自己的力量會不會傷害到人類。

牠很喜歡小鎮的居民，並不想傷害他們。

在那裡，牠又一次看見了那個外表溫柔的長髮女人。

她正坐在溪流邊，手裡拿著粗糙的畫筆與一疊用麻繩固定的紙張，面對著玉溪群山專心地畫畫。

夕陽的霞光為女人的側臉染上了美麗的顏色，傍晚的風吹拂著，不時撩起女人柔順的長髮。

等巴魯匝庫意識到的時候，牠已經跑出了森林的邊界。

牠連忙停下腳步。

牠與女人只剩下一條溪流的距離了。

牠有些緊張地看著女人。

長髮的女人抬起頭時，先是微微一愣，接著站起來往後退了一步，但她馬上又恢復溫和平靜的表情，再次坐了下來。

年輕的女人對巴魯匝庫揮了揮手，似乎對這隻突然出現在溪邊的小野豬充滿了好奇。

可能沒有人想得到，這隻小野豬居然就是傳說中可以撼動大地的巴魯匝庫吧。

巴魯匝庫看到女人對牠友善地揮著手，有些興奮地在原地轉起圈圈。

牠沒想到，他們居然會在這裡再次重逢。

那天，直至夕陽的餘光徹底消失之後，長髮女人才從小溪邊站了起來，對不遠處的巴魯匝庫揮揮手，緩緩走上了田間小路，返回家中。

接下來的幾天，巴魯匝庫都會在夕陽將臨的時候，悄悄來到森林與玉溪平原的交界。

那裡有不少茂密的樹叢，很適合躲藏。

牠發現，長髮女人幾乎每天下午都會從遙遠的玉溪鎮慢慢走到這裡。

有時坐在花田邊。

有時坐在小溪邊。

不變的是她手上永遠拿著一本素描本，也總是面對著神祕而難以探詢的玉溪群山。

巴魯匝庫開始在森林邊緣故意竄來竄去，試圖吸引女人的注意。

巴魯匝庫是傳說中的野豬，是山裡的守護神。

牠喜歡這個在自己的雕像前放下供品的溫柔女人。

她在畫什麼呢？

不知道她會不會把我畫進她的畫裡呢？

有一天，牠終於找到了機會。

當長髮女人又一次在自己的雕像前放下一籃新鮮水果時，巴魯匝庫終於鼓起勇氣，從旁邊的樹叢走了出來，一步步走向她。

牠不想嚇到女人，更不想讓她討厭自己。

牠是山林之中勇敢的守護神，此刻靠近女人的腳步卻顯得有些怯懦。

長髮女人回過頭，發現了牠。

她會被嚇跑嗎？

她會尖叫嗎？

還是會像多年前在山林無意間遇到的老人，用布滿厚繭的手掌輕拍自己的毛皮？

巴魯匝庫緊張地停下腳步，雙眼甚至不敢直視女人。

下一秒，柔軟的觸感按向了牠的背部。

牠驚訝地抬起頭，發現長髮女人正蹲在自己前面，白皙的手正輕撫著自己的背部。

牠有多少年沒有這麼接近人類了？

自從人類徹底支配了這片土地之後，就很少有人類這麼溫和地對待牠了。

那個溫柔的長髮女人站在巴魯匝庫面前，眉毛因笑意而微微彎起。

像一彎美麗的新月。

巴魯匝庫很開心，久違地對交到人類朋友而感到快樂。

「你就是最近一直出現在森林入口的小野豬吧。」

巴魯匝庫點點頭。

「你是不是想去外面的花田玩？那裡太靠近小鎮了，你要是去的話，可能會被別人看見的。」

牠又點了點頭。

「不過，下次你可以靠過來看我畫畫。」女人淺淺地笑著。

巴魯匝庫聽到之後，忍不住睜大了眼睛。

牠小心翼翼地靠近女人，輕輕地依偎在她的懷裡。

溫柔的女人並沒有推開牠。

她的長髮因低頭的動作而傾落肩頭，像是瀑布般滑落到巴魯匝庫身上。她伸手整理著頭髮，並回頭看了一眼雕像，輕聲說道：「明明都是山裡的野豬，你跟這座雕像一點也不像呢。」

巴魯匝庫又一次用力點頭。

那座雕像真的跟牠一點也不像。

在那之後，是巴魯匝庫有記憶以來最開心的日子。

每到臨近夕陽時分，牠都會從山林中出現，來到長髮女人身邊，看著她描畫著幽暗神祕的玉溪群山。

有時候，女人會跟著巴魯匝庫走進森林，一起跨進小溪享受著冰涼的溪水；他們會一起去摘採森林裡的鮮筍與水果，牠知道許多人類不知道的祕境，而那些祕境最後也都被女人畫了下來。

她偶爾也會帶來好吃的食物跟牠一起分享。

在成為守護神之後，從來沒有人跟巴魯匝庫玩得這麼快樂過。

有可能，這才是我存在的意義。

牠這麼想著。

但日子不可能永遠幸福美滿。

從某一天開始，長髮女人突然好一陣子沒有出現。

那幾天，巴魯匝庫的心裡總是空蕩蕩的，不踏實也不安心。

牠日復一日地等在森林與玉溪平原的交界等待著，孤零零地望著小溪面對的風景。

田埂之上，她始終沒有出現。

又過了好幾天，長髮女人帶著疲倦的身影終於出現了。

她一如既往地來到小溪邊，面對著玉溪群山。

巴魯匝庫興奮地在她身旁繞圈。

好久不見了。

好像變瘦了。

是不是吃不飽？

好像還有點疲累。

山裡有好多好吃的食物，明天要不要幫她帶一點過來？

「我想畫你。」女人突然開口說道。

巴魯匝庫睜大雙眼。

不知道是不是牠的錯覺，牠感覺女人有點哀傷。

但牠還是點點頭，牠早就想讓女人畫自己了。

女人莞爾一笑，柔軟的手指順過巴魯匝庫的頭頂。她拿出一張宣紙，用紙鎮壓住邊緣，準備開始作畫。

巴魯匝庫往後走了幾步，拉開與女人的距離。

這樣她就能看清楚我了。

等到畫完，我們又可以像以前一樣去山裡玩耍了。

「不要動。」女人柔聲說著。

耀眼的夕陽渲染了半片天空，霞光美麗得不可方物，同時，也遮掩住長髮女人早已泛紅的眼眶。

直到女人落下最後一筆，一切都結束了。

她顫抖著把筆放下，而她的眼前早已空空如也。

那天，傳說中的野豬——巴魯匝庫，被人封印在了畫裡。

其實巴魯匝庫沒有猜錯。

溫柔的長髮女人確實來自玉溪鎮的大家族，她是玉溪鎮鎮長的獨生女。

玉溪鎮是個民風淳樸的小鎮。

「淳樸」是一種讚美，但有時它也象徵著愚昧和固執。

傳說中的野豬太危險了。

鎮上有人看到了女人的畫，和畫裡不時出現的身影；而那些在玉溪平原上耕作的農民，也都看見了每天黃昏都會去找長髮女人的野豬。

後來，村長也知道了。

身為村長的女兒，長髮女人肩上有著看不見的壓力與責任。

是她的錯。

是她讓牠來找自己，讓牠親近自己，還讓別人看見了那些畫。

她別無選擇。

巴魯匝庫並沒有因此消失，只是牠突破不了那張宣紙對牠的限制。

好想再看到她啊——

畫卷之中，巴魯匝庫在心裡吶喊著這唯一的願望。

我撕開古畫。

裂成兩半的宣紙隨風掉落在地上。

失去力量的古畫再也限制不了被封印在畫裡的巴魯匝庫，牠挾帶著強大的威壓，衝出畫卷的禁錮。

牠發出一聲號叫，直奔向長髮女人的懷抱。

長髮女人的眼裡溢滿淚水，她伸出手，將巴魯匝庫擁入懷中。

沒有發生地震。

我喘了一口氣。

跌坐在地上的我這才意識到，被突如其來的狂風與衝擊震倒的我，下意識抓住了姚令瑄的手。

直到現在，我的手也還緊緊地握著對方。

「看來我賭對了。」

「嗯。」

「我覺得他們之間有著強大的羈絆，所以才撕毀了那幅畫。」

「是嗎？」

「那個女人的素描本裡，」我加強了語氣：「除了玉溪群山，後面的每一頁都畫著巴魯匝庫。」

姚令瑄側頭看了看我。

我則露出欲笑不笑的表情。

那是昨天的事了。

沒有闔好的紙頁隨著風一頁頁翻飛。

如果古老的畫卷能夠乘載時光、乘載多年的回憶與執念，那麼那幾頁輕薄的紙張，便讓我窺見了她數十年之久的人生。

在那些人生裡，都是巴魯匝庫的身影。

長髮女人早該離世了。但不知道為什麼，她卻還停留在這個世界上，在夕陽將臨的時刻，不斷回到森林與平原的交界。

她被強大的執念留了下來。

與她具有這般羈絆的，也就只可能是巴魯匝庫了吧。

我盡可能裝作自然地掙脫開姚令瑄的手。

避免尷尬。

姚令瑄只是淡淡地看了我一眼，將頭稍稍別向另外一側。

我緩緩站了起來。

「他們會怎麼樣？」我問。

「這跟我們沒什麼關係了。」

「巴魯匝庫的執念一旦被滿足，長髮女人就會消失了吧？」

「是的。」

這還真是不怎麼美滿的結局。

夕陽的餘暉正逐漸黯淡。

一旦落日時分過去，失去了這種獨立於時空之外、陽消陰長的時刻，長髮女人就會徹底消失。

我靜靜地看著他們。

長髮女人與身形碩大的巴魯匝庫一起面對著玉溪群山，一如當年，他們一起度過的美好時光。

女人用手溫柔地拍著巴魯匝庫的頭頂，巴魯匝庫則把頭靠在女人身側。

這個畫面讓我的心被深深觸動了。

我側頭看了看姚令瑄，只見她微抿著唇，一臉淡然地站在原地，默默注視著眼前的景象。

像冷漠的旁觀，也像鄭重的道別。

——我的職責是送別。

我突然想起了她說過的這句話。

在夕陽徹底隱沒在海平面之前，女人緩緩轉過頭，對我跟姚令瑄輕輕地揮了揮手。

「謝謝。」她說。

我們沒有回應，只是默默點了點頭。

巴魯匝庫隨著女人的視線一起看向我們，也晃了晃牠碩大的腦袋。牠的獠牙讓牠充滿喜感，讓我有點看不出牠的情緒。

最後一縷夕陽消逝。

女人也隨著光線一起消失在我們的視野中。

巴魯匝庫還停留在原地，不願離開。

「走吧。」我拉了拉姚令瑄。

4

還是必須往前走嗎？

MONONOKERYOTEI

在這之後，連續好幾個星期，我又過起了準備升上大學的廢材高中生的頹廢生活。

現在是暑假吶。

早上睡到自然醒，不用顧翹起來的頭髮，也不用換上正式的服裝。

吃早餐、刷手遊、滑手機，閒來沒事打打遊戲、追個劇、看本小說，偶爾想著要不要畫個畫，直到天色變暗。

料亭、妖怪和那些不一般的事物，統統被我拋諸腦後。

除了姚令瑄。

那日在沙灘上，她赤著腳踩在水面，任憑海風吹亂一頭帶點冷色的亞麻長髮——這樣的畫面深深地烙印在了我的腦海中。

美，而且美得令人屏息。

仔細想想，我們好像見過不少次面，而我也遇上了不少跟平凡完全無關的事情。

在小巷子遇到賣糖葫蘆的地縛靈。

已經去世的陳奶奶上門拜訪。

好像會說話的小狐狸。

突如其來的午後暴雨。

最後，是封印著傳說中野豬的古畫。

「似乎該回去了。」

人可以一直隨波逐流，但不能總是逆風前行。

我能感覺到，這座從小就跟我有淵源的小鎮正在發生著什麼，而我要是繼續待在這裡，很可能會被風暴牽扯其中。

該閃了。

某天睡醒，我像往常一般耍廢，遠離一切能貢獻生產力的事物，虛度著美好的時光。

直到懶洋洋的午後暖陽穿透窗簾，我走到隔壁房間收拾起行李。

回北部要穿的衣物、必須要帶走的東西、筆記型電腦、畫冊……我進進出出地收拾著，其實東西不多，就是雜了一點。

但仔細一想，我在臺北的住處因為長年居住的關係，那裡的東西完全足夠我生活了。

於是我倒了杯冰水，坐到沿廊上。

這是最後在這裡的時光了，我珍惜地輕觸著沿廊的木板。

以前，正確來說七年前，我的父母也都還住在這裡。當時的他們偶爾也會出去演奏，但大部分時間還是住在這裡。

突然，一隻鳥飛了進來，打斷了我的思緒。

紫綬帶顏色特別的羽毛閃爍著漂亮的光澤，在晴天的陽光下漾出好看的漸層色彩。

牠飛到一半，逐漸被霧氣包圍，而後一根羽毛緩緩落下。

我眨了一下眼睛。

再次睜開眼時，林梟出現在了桌邊。

林梟看也不看坐在屋外沿廊的我，而是在桌上倒了一杯冰水，拎著杯子，隨性地坐向客廳角落的沙發上。

冰水誤一生。

我暗自想著，還是趕快溜吧。

我沒多說什麼，從沿廊起身走回客廳，把冰水放在矮桌上，拿起背包，逕自走向大門。

只要踏出大門就能走向車站，離開玉溪鎮了。回到平凡普通的臺北，與這些不一般的事物不再扯上關係。

「嘖。」

背後傳來不屑的聲音。

近在咫尺的大門被關上了。

明明沒有人靠近這裡。

我嘆口氣轉過身，看向那個正坐在客廳角落、蹺著長腿的林梟。她穿著繫帶的高跟涼鞋，正半脫不脫地掛在腳上。

「怎麼了嗎，林梟？」

「你要去哪？」

「臺北。」

「嘿，什麼都沒做就想回臺北？」林梟把雙手在胸前交叉，背靠在沙發上。

她深邃的眼瞳直直地盯著我。

一直以來，我最受不了她這種準備開始碎念的樣子了。

「好啦好啦，妳特地回來是想說什麼？」

「我只是想看看你到底可以多廢。」

「看完了嗎？」

「老實說，沒有。」林梟呵了一聲，冷冷地說：「我發現，你的廢根本沒有極限，每一天都在突破廢的紀錄。」

我訕訕一笑。

「喔，謝謝妳特地飛回來給我這麼中肯的評價。」

「你為什麼不去找姚家的那個女孩？」

「姚令瑄嗎？」

她。」

「對。」林梟點點頭，難掩心裡的不認同，「我不懂，我以為你會去找

「為什麼？」我提高聲音，不理解地反問。

林梟垂落在耳畔的零碎髮絲，隨著夏日微風輕輕搖曳著。

「林隱逸，你也太小看我了。前幾天你們在海灘上發生的事，包含你看她看到恍神……到後來你跟那隻狐狸一起去森林裡拿水李，這些我都看到了。」

「什麼？妳看到了？」

「你們回到料亭之後的事我也看到了。」

我愣在原地。

「不用感到意外，我想知道的事最後都會知道。」林梟說得輕巧，彷彿這是一件再正常不過的小事。

我又沉默了幾秒，才開口回答：「為什麼不去？因為我不想去。」

「哈？你說什麼？」

「世界上沒有規定人們遇到挑戰一定要接受、遇到不公平的事一定要站出

來對抗、遇到可憐的人一定要伸出援手，對吧？明知道繼續待在這裡很容易被捲入麻煩的事件，為什麼我一定要待在這裡？」

在玉溪鎮我只是過客。

陳奶奶的離世讓我更加堅信這個判斷。

去找姚令瑄，我們兩人一定會產生聯繫。

躺在家裡耍廢不是很好嗎？

為什麼一定要跟那些不一般的人事物扯上關係？

我認真地注視著她。

林梟的眼瞳骨碌碌地轉動著。

她一時間沒有反駁，只是一隻手環抱在胸前，另一隻手靜靜玩弄著垂落到下顎的髮絲。她雖然沒有說話，但一股力量正在無聲地擴散。

水杯開始震動，而後變成晃動。

這間在一小時前還風平浪靜的小屋，此刻大門緊閉，客廳裡有一隻紫綬帶正不斷發洩著強烈的不滿。

她根本是在耀武揚威。

不是很想繼續跟她耗下去，我伸手輕輕一推，把那個晃動的水杯推到地上。

玻璃破碎的聲音響起，裝著冰水的杯子碎了一地。

哈，看妳還能怎麼樣。

僅僅是一瞬間，原本坐在沙發上蹺著腿的林梟，下一秒便出現在我的身邊。

而後一陣異常銳利的風在她身後拂向我的臉龐。

林梟其實跟我差不多高，但因身形纖瘦，視覺上比我高出一截的她，正把我逼至門邊。

「林隱逸，真當我不敢動你。」

「我又不是幾年前那個什麼都不會的小朋友了。」

「嘿，有趣。有人教你法術我知道，但你以為這樣就能跟我對抗嗎？」

「我不想跟妳怎麼樣，讓我離開就好。」

「在臺北的時候我就跟你說了，你不是唯一看得到我、看得到妖怪、看得到不一般的東西的人。但你一直不相信，也總是選擇無視。」

我別開頭。

勇於面對是一種選擇，逃避也是。

林梟把手伸向我，冰涼卻柔軟的手指最終停留在我的下巴。她抬起我的下巴，讓我的視線重新看向她的眼睛。

「以前的你身在局外，要逃走確實可以逃走，但現在的你已經沒有那種選擇了。」

「我現在去火車站不就能走了嗎？」

「你離不開的。」林梟一副看待天真小孩的模樣，「不信的話，你可以試試。我不知道你會被什麼阻止，但你肯定走不了。」

我瞬間感到一陣無力。

林梟從來不說謊。

用她的話來說，她早就已經不需要依靠說謊來偽裝自己，不真實的言語反而會對她造成傷害。

我依靠著門緩緩坐倒在地。

這個角度往上看，林梟銳利的雙眸依舊直直地盯著我，不讓我逃脫。

我到底該怎麼做？

我只是想在升上大學前的夏日，回到這座濱海的小鎮放鬆畫畫而已。明明不斷試圖遠離那些不一般的事物，卻還是被深深地糾纏其中。

強烈的無力感在我心裡蔓延。

過了一會，我緩緩開口問道：「吶，林梟。」

「說。」

「既然我離不開這座小鎮，那我應該做什麼……」

「你知道你應該做什麼。」

「去找姚令瑄嗎？」也好，她正好欠我一頓飯呢。

我忽然想起陳奶奶離開之前對我們說過的話。

她要我們一起去找書生和比翼鳥，那裡會有我們想知道的答案。

「林隱逸，你要自己決定。」林梟抿著唇，看向窗外，「很多時候，我也不知道接下來會發生什麼。」

林梟對我伸出手，把我從地板上拉了起來。

她身上有股淡淡的果香，可能是剛剛飛進森林裡吃水果了吧。

林梟忽然「啊」了一聲，雙手探向頸後，摘下了一條項鍊。

她向我遞來一條裝飾著羽毛的墜子。

「戴起來。」

「咦？」

「從今天開始你最好把這條項鍊戴在身上，發生意外的時候，它能保護你。」

「……謝謝。」

林梟看著我戴上墜子，隨後單手探向我的頭髮，用力搓了搓。

我撫摸著羽毛形狀的項鍊，忍不住嘆了口氣。

安逸的日子已然成為過去，剩下的夏日時光充滿了未知和麻煩。

好吧，換個角度想想，至少晚上能吃到姚令瑄親手煮的料理。

雖然嘗不到味道的我也並不是特別期待。

夜幕降臨。

幾顆星星微弱地在夜空中閃耀著。

走在街道上，能感受到溫馴的海風輕輕吹拂而過，讓人忍不住放鬆。就像是老一輩的人口中傳頌的，這座小鎮受到了山神的庇護。

我依約前往料亭。

遠處，溫暖的橙色光芒在夜晚寂寥的街道上出現。不知道為什麼，竟給了我一股安心的感覺。

路過種在屋外的竹子，幾片竹葉掉落到地上。

我拉開了料亭的拉門。

裡面坐了兩組客人，我稍稍瞥了一眼，立刻轉開視線。

其中一組是人，另一組我看不出來是什麼。

姚令瑄在吧檯裡忙碌著。

這是我第一次看見她在料亭裡工作。

正在料理的她，將帶著冷色的柔順長髮紮成馬尾，身上穿著長袖的白襯衫，袖口的地方稍微反折，露出好看的手腕。

其中一組的客人似乎吃得差不多了。

他們一家三口正心滿意足地聊著天，享用飯後甜點。從他們露出的笑容看來，他們應該度過了愉快的一晚。

我走向了吧檯座位。

「晚安。」

「嗯?你終於來了?」姚令瑄碎念著，「我還以為你逃走了。」

「我怎麼可能逃走。」

「是嗎?」

她瞇起眼盯著我。

幾秒後，計時器「嗶嗶嗶」地響起，她從容地彎下腰打開烤箱，從烤箱裡端出熱氣騰騰的烤牛排。

五分熟，是油花分布漂亮的肋眼。

「挪，幫我送去給靠近門口的那組客人。」

「我又不是來工作的……」

「嗯？」

我默默接過盤子。

真是的，是可忍孰不可忍，接連好幾天耍廢的我，居然特地來料亭當服務生？

可惡。

而且，靠近門口那組客人根本不是人類啊……

姚令瑄倒是很習以為常。

從第一次在傍晚的偏僻小巷遇到她，到後來她跟名叫「毛球」的小狐狸對話，再到她用糖葫蘆為陳奶奶和唐先生送別……姚令瑄絕對不是一般人。

好吧，在很久以前就被一隻紫綬帶纏上的我其實也不是一般人。

但我想當一般人。

我把裝有烤牛排的盤子端上桌。

盡量以最輕微的動作，不引起客人的注意。但似乎這樣的動作，反而吸引了客人的關注，他抬起頭看了我一眼。

我屏住氣息，心生提防。

「謝謝。」

我微微一愣，臉頰一紅：「不會……」

是我想太多了啊。

我回到吧檯邊的座位，自己倒了一杯麥茶。料亭裡的麥茶免費提供，裝成一壺壺的放在店內。

麥茶清新爽口，十分解渴。

客人拿起刀叉切開肋眼牛排，鮮嫩多汁的牛排瞬間爆開香氣。

從他一口接一口、絲毫沒有停下來的動作看來，那道烤牛排確實很美味。

「呼……今天就這樣了。」

姚令瑄摘下髮圈，兩頰正冒著紅暈。

她將手擦乾淨，走到我對面，也替自己倒了杯麥茶。

直到這時我才發現不對勁。

「妳怎麼好像要休息了？」

「差不多要關門了，今天提早打烊。」

「那我的晚餐呢？不是有人承諾我，要招待我一餐嗎？」

「我早就準備好了。」姚令瑄很有自信地看著我，輕聲說道：「不過我要先去換個衣服。林隱逸，幫我看一下店啊。」

我只能默默點頭。

我是不是被騙過來的啊？

林梟，其實妳是跟姚令瑄聯手欺騙我吧？

坐在木頭打造的吧檯邊，前方就是姚令瑄平常忙進忙出做料理的地方。

料亭的天花板懸掛著吊燈，角落跟吧檯邊也有方形燈箱。

整間料亭的光線並不明亮，而是以暗橙和鵝黃的暖色系為主，在夏夜裡給人一股溫馨的感覺。

這時，溫潤清脆的響聲傳來。

我望向門邊。

門口的竹簾旁掛上了幾個風鈴。夏日夜晚的微風吹拂而過，風鈴被風輕輕牽動，發出悅耳的聲音。

這間料亭確實很有情調。

約莫十分鐘後。

穿著湖水藍船型一字領七分T恤與一件百搭灰色寬鬆束口褲，一身悠閒的姚令瑄回來了。

她似乎很喜歡湖水的顏色。

她走進吧檯，有意無意地把雙手的袖口向上提了提。

「林隱逸，我還以為你逃走了呢。」

「我是不可能做出那種事的。」

「騙人。」姚令瑄的雙眸明亮。

我聳聳肩：「好吧，我其實一直很猶豫。」

「哈，你要是馬上就跑來找我，我才意外呢。」姚令瑄輕輕說著，個頭嬌小的她似乎正在料理臺上忙碌著。

她分心跟我說話，動作卻一點都沒有慢下來。

「為什麼？」

「你是第一次接觸到這麼多怪異的事吧？先是看到地縛靈，去世的人依然活在這個世界上，而你也認識陳奶奶，還有會說話的小狐狸……是正常人都會害怕的。」

「嗯……」

姚令瑄的語氣非常柔和。

但我其實不是第一次接觸了。

從七年前開始，我三不五時就會在城市各個角落遇到那些不一般的存在。

但多數時間，他們都不會靠近我，我當然也不會靠近他們。

那種感覺，就像儘管我們活在同一個世界，卻也活在不同世界。

沒有交集。

沒有接觸。

多年來我一直無視他們的存在，也不想跟他們產生聯繫。

除了林梟。

她每幾個月就會出現一次，有時候比較頻繁，每天都會來蹭晚餐、蹭咖啡。

由於她能變成鳥，所以常常不請自來地飛進我家。要是我的窗戶關起來了，她就會用鳥喙敲敲玻璃。

通常這種時候我就必須迅速打開窗戶，不然她就會採取更激進暴力的手段……嗯，不敢回想。

至於我是怎麼認識她的，那又是另一段故事了。

林梟從很久以前就再三跟我說，那些不一般的東西確實存在，我不可能一輩子忽視他們。

這個暑假，我已經接觸得夠多了。

我思忖了一會，說道：「以前，我其實看不到他們。」

「嗯？」

「不知道妳信不信，但我是從七年前開始，也就是那次巨大的颱風過後，我才開始看得到他們。」

姚令瑄看著我，眼瞳漸漸銳利。

「不可能的。」

「這是真的。」我加強了語氣。

「所以你本來看不到，是那天之後才看得到的。林隱逸，看來你身上也有很多祕密啊。」

「我也這麼覺得。」

「算了，邊吃邊聊吧。你先吃吃看這個。」說著，姚令瑄端上了一盤生魚片。

她遞給我一雙筷子，我伸手接過。

擺放成橫排的生魚片整齊地排在盤子上。

放在最右邊的是油脂聞起來很香甜、口感柔軟的鮭魚腹肉。

腹肉油脂較多，最適合做成入口即化的生魚片。盤子上的鮭魚油花顯然沒有那麼多，她大概是先把多餘的油脂去掉了吧。

還挺細心啊。

我伸出筷子，夾了一塊鮭魚放入口中。

一口咬下，鮭魚的鮮甜在口中散開。

吃海鮮很重要的一點是「鮮」，生魚片正好完美呈現了這點。

好吃，真的很好吃。

嗯……嗯？

慢著、不對，這個感覺……

我突然愣住了。

腦袋瞬間一片空白，完全無法思考任何事情。

天啊。

這、這不可能啊！

一股難以言喻的強烈衝擊油然而生。我瞪大雙眼，不敢相信地往下看了看散發油光的鮭魚生魚片，再抬起頭，看了看手上的筷子。

我吞了口口水，確認著嘴裡的味道。

鮭魚的鮮甜和油脂的香氣，這是我記憶裡鮭魚的味道。

我吃得出味道了？

天啊，我的味覺回來了？

「有這麼好吃嗎？」

可能是我的反應太過強烈，姚令瑄納悶地望著我，她也伸出筷子，把一片生魚片放入嘴裡。

哇，我好想跟林梟分享這件事，等我一回去，我一定要跟她說。

終於，在睽違七年之後，我終於能品嘗到料理的美味了。

「很好吃。」我認真地說。

我看了眼其他幾片生魚片，也很常見的鮪魚吸引了我。

盤子上的是上等的黃鰭鮪。

魚肉色澤鮮紅，淡淡地反射著室內的微光，看似有層薄薄的油脂覆蓋在上面。

再來是比起一般魚類，魚肉更有彈性的海鱺。海鱺生魚片的顏色偏白，跟其他魚類截然不同，吃起來口感偏爽脆。

最後一份是甜蝦。

顏色明亮，蝦身近乎透明，光是看著就能想像到它的美味。

我忍不住在心裡讚嘆。

這間料亭從我進來到現在也只看到姚令瑄一個人，沒有其他員工。雖然我沒有長時間居住在玉溪鎮上，但依然好奇著這間料亭是如何經營的。

不可能只有一個人做吧？

我夾起甜蝦，蝦殼已經去掉了，鮮嫩至極的甜蝦在嘴裡幾乎瞬間融化，甚至不需要咀嚼。

微微的清甜，味道很純粹，吃起來實在令人上癮。

姚令瑄也伸出筷子，夾走了一隻甜蝦。

我忍不住抬起頭看著她。

「看什麼看？沒看過廚師吃東西嗎？」

「……好吧。」可惡，少了一隻。

「這些甜蝦是下午從外海打撈上來，是我認識的老漁民直接送到這裡來的。這種當天品嘗到的甜蝦，才是最美味的。」姚令瑄自豪地說道。

接著，她又端出了一個小鍋。

鍋中冒著熱氣，大概是某種湯類？

「這是？」

「這是燉煮野菜，湯可以喝，對身體很好。是我從小鎮後面的深山裡摘來的野菜，還有鎮上種植的蔬菜。」

我撈出一小碗野菜，用湯匙盛起一口。

太豐富了。

我無法確定放入了幾種蔬菜，但它們的味道卻巧妙地融合在了一起。

身體從內而外升起一股暖意。

說實話，野菜我在北部很少吃到，這道燉煮野菜，裡面有很多我甚至叫不出名字。

透過燉煮的方式，品嘗到多種蔬菜的美味。

姚令瑄露出期待的眼神。

「好吃嗎？」

「有點難形容，但很厲害。」

「我最近在研究蔬果類的食譜，這道燉煮野菜是我自己研發的。」

「這間料亭每天都有開嗎？」

「幹嘛？」

「不知道要吃什麼的時候可以來吃。」我有些心虛地說道。

其實要是離我家近一點，我甚至想天天來吃了。

剛剛恢復了味覺，肯定要天天吃好料才行啊。

「只有必要的時候才會開。」姚令瑄哼了一聲，「或是我想開的時候。」

接下來，姚令瑄端上了一碗味噌湯。

我仔細一看，湯裡有一個鮭魚頭。

魚眼完整乾淨，一點也不渾濁。

味噌湯內放入鮭魚頭，能讓味噌湯帶有魚的鮮味與鮭魚的清甜。

上完這道湯後，姚令瑄洗了洗手，從料理臺裡走了出來。

「休息了。」她說。

我感激地點點頭，已經十分心滿意足。

她稍稍用手整理船型的衣領，替自己倒了一杯冰涼的麥茶。先是喝了一大口，再悠哉地坐到吧檯的座位上。

她微微傾身趴靠在桌面，轉過頭望著我。

「林隱逸，你不是第一次看到那些東西對吧？」

「嗯，不是第一次了。」

「你有跟他們說過話嗎？」

「沒有，我從來沒有靠近過他們。」我一邊回想，一邊說道：「我只是看得到他們而已。」

「這樣啊。難怪，我就很納悶你怎麼會出現在那條偏僻的小路上，手上還拿著唐爺爺的糖葫蘆……唐爺爺已經在那裡等陳奶奶好多年了。」

「我以為他是人類。」我無奈地解釋。

「你也聽到陳奶奶說的話了吧？」

「去找比翼鳥？」

「對。」姚令瑄點點頭，「還有那個擁有筆墨紙硯四個守護神的書生。」

「嗯……」

我看了眼姚令瑄，說到這裡，她似乎因為那天的事心情有些波動。

想起了陳奶奶，氣氛忽然有些低落。

我端著味噌湯，撈起魚頭嘗了一口。

太美味了。

不得不說，姚令瑄已經是那種深知食材的屬性與味道，知道怎麼搭配調整能讓食材呈現出最天然美味的料理人了。

明明年紀看起來跟我差不了多少，真是厲害啊。

姚令瑄直起上半身，深深吸了口氣。

「那你也聽到我問陳奶奶的問題了吧？七年前的那場颱風，不止讓你從此看得到妖怪，也讓我的父母一夜之間消失了。」

我轉過頭看著她。

「徹徹底底消失了。」

姚令瑄的語氣很輕，但裡面似乎蘊含著某種難以言明的無力與不甘。她輕輕擺手，料亭外一陣清風揚起，牽動了風鈴，發出清脆的聲響。

「妳認為跟那場颱風有關係？」

「跟颱風突然出現、颱風為什麼會來，可能都有關係。」她直直盯著前方，眼神堅定而明亮，繼續說道：「林隱逸，我還沒有跟你說過這間料亭跟我的事吧。我們家是玉溪鎮傳承百年的調停者家族，我的父母正是上一任的調停人。」

「調停人？」

「你應該察覺到了吧，在玉溪鎮裡，妖怪與神祇……或是那些不平凡的東西遠比其他城市要多得多。」

「嗯……」

姚令瑄繼續淡然地說道：「因為非人的存在很多，所以這裡長久以來都有調停人鎮守，妖怪和神靈們也都知道。我的工作是調停這座小鎮上，由妖怪或神祇引發的衝突，還有替他們送別。這座料亭，就是擁有上百年歷史的、歷代調停人調解紛爭的場所。」

一時間資訊量太大，讓我不禁目瞪口呆。

「等等……妳可以跟他們溝通？」我驚訝地反問。

調停人這個職業我並不是非常意外。

但那些存在，那些所謂不一般的事物，或是姚令瑄口中的妖怪與神祇，很多都具有極其強大的力量，遠非科學所能解釋。

像我認識的那隻鳥就是。

而所謂調停，是建立在調停人本身具有一定實力的前提下。不然那些妖怪完全可以胡作非為、彼此開戰。

姚令瑄似乎看穿了我的疑問，微微勾起嘴角，搖了搖頭。

「林隱逸，對我來說，讓雙方能自由地對話才是我心裡期盼的方式。比起調停，我更像是妖怪間的和事佬。」

「喔……」

「我會做出美味的食物，請他們來到料亭，傾聽他們的心聲或祈願。我是認真地希望著，所有人跟妖怪都可以透過努力獲得幸福。」她以堅定的聲音說道。

我不由得開始反思。

明明一樣是看得到妖怪的人，但我們選擇的方式卻截然不同。

她幾乎是溫柔地擁抱了那些不平凡的存在。

姚令瑄坐在椅子上，轉過身，輕輕撩開遮住半邊額頭的瀏海。

她直直地望著我。

「林隱逸，我只問你一次。」

「說吧。」

「你想不想知道七年前到底發生了什麼？想不想去尋找比翼鳥跟書生？你的人生，也是被七年前的颱風影響了吧？」

「我……」

我陷入沉思。

這樣看起來或許很廢，但這就是一般人該有的表現。

何況不久前的我，都還只是這個小鎮的過客。

拿出所謂一般人都會這麼做的說法來為自己的懦弱辯護，這樣的自己，讓我更討厭了。

「哼，優柔寡斷的傢伙。」姚令瑄露出一副早就預料到的表情，扶額嘆息，「要，或者永遠不要。」

「如果能天天吃到妳煮的料理，那我就去。」我半開玩笑地說道。

這次換她陷入沉思。

「要，或者永遠不要。」我學著她的語氣回嘴了一波。

經過幾秒的猶豫，姚令瑄聳聳肩，再次瞇起眼睛看著我，眼裡盡是鄙視。

「不要這麼記仇好嗎？天天沒辦法，那樣我很累，幾天一次倒是可以。」

「也行。」

「那，成交。」

姚令瑄伸出手，穿著七分袖的她，露出一截骨感好看的手腕。

我伸出手與她交握。

「成交。」

就在我們達成交易的同時，一陣突如其來的風，驚擾了平靜的夏夜。

遠處鳥鳴聲傳來，鳴鳥紛紛飛出樹林，颳動了樹葉與樹枝。

呼嘯而過的狂風，讓門外的竹子發出激烈的聲響，也讓竹簾邊的風鈴幾乎掉落。

一道金黃色光芒飛快地撞向了料亭的拉門。

拉門頂住了第一波衝撞，但在強烈的撞擊下卻顯得有些搖搖欲墜。

來者不善，是個人都看得出來。

「小心！」

姚令瑄反射性地站起身，她左手往前一揮，右手則把我護在身後。

門還是關著的，但風鈴看上去仍處於狂風之中，忽左忽右激烈地晃動著。

原來風鈴是結界啊。

我往前跨了一步，邊把橫在胸前的手輕輕按下。

林梟下午給我的羽毛項鍊此刻正好好地掛在脖子上，再怎樣應該都不會太危險。

「是跟妳有仇的妖怪嗎？」

「我不確定。」

「調停雙方，不管妳的本意再怎麼善良，還是會惹到一些人呢。姚令瑄，通常這些傢伙是善類還是壞人呢？」

「對於這座小鎮，大部分的妖怪和神祇都是善類。至少，我遇到的都是。」

姚令瑄輕鬆自在地看向拉門。

她一點都不緊張。

料亭的拉門持續被撞擊著，一下又一下。刺眼的金黃色光芒絲毫不減，幾乎要壓過料亭溫暖的燈光。

姚令瑄注視著風鈴，幾秒後，她回到料理臺後方，似乎拿出了什麼東西。

我忍不住問道：「姚小姐，要是打不過的話，我們可以從後門逃走嗎？」

「不需要。」

「妳的意思是他闖不進來是吧？那好吧，我晚一點……」

話音未落，風鈴突然停了下來。

只見風鈴毫無預兆地從半空無聲掉落到地板上，玻璃破碎一地，發出尖銳的聲響。

拉門被強行突破了。

原來不需要的意思，是結界馬上就要被破壞掉了嗎……

那個全身冒著金色光芒的東西破除了結界，強行闖入料亭之中。

我仔細看了一會，才發現那是一隻蟬。

一隻金蟬。

跟一般夏蟬的大小差不多，頂多稍微大一點。

牠先是發出幾聲蟬鳴，而這幾聲蟬鳴似乎吸引了料亭旁、甚至整座玉溪鎮的夏蟬，震天的噪音幾乎貫穿了我的耳膜。

我感到一陣胸悶，不舒服地蹲坐在地上。

抬頭一看，站在料理臺前的姚令瑄正氣定神閒地倒了一杯麥茶，放到金蟬前方的桌上。她單手輕勾耳邊的髮絲，說道：「請坐。」

「小女孩，妳沒有妳爸媽那麼強大。」

「嗯，畢竟我還年輕。」

「滾出這裡。」

「要是我說『不』呢？」

面對赤裸裸的威脅，姚令瑄一點也沒有居於下風。她嬌小的身子展現出不輸給金蟬的氣勢，語氣冰冷地反問。

衝突，一觸即發。

5

不只是過客

MONONOKERYOTEI

——一個月前——

進入熾熱的七月之前，也是身為高三生的我即將離校的日子。

蟬鳴聲偶爾響起。

導師在離校前發了份問卷，為了調查學生未來的規劃。要繼續升學還是進入社會、喜歡的興趣方向等等，是一份比較廣泛而模糊的調查。

我沒有思考太久，迅速填寫完畢後就交給了導師。

然後，導師把我叫去了辦公室。

她手上拿著我的調查表，坐在旋轉椅上，一臉看中二病少年、略帶鄙夷又想掩飾心裡尷尬的表情。

「活著。林隱逸同學，你就只寫了『活著』兩個字？」

「是的。」

「老師有點困惑，活著對你來說是一件很難的事嗎？」

「並不是這樣的，老師。」

「那是怎樣？你說說看。」

「活著，對大部分的人來說都不是理所當然的事。我們只是剛好活著，是一群很幸福、很幸運的人。」

老師愣愣地看著我。

「『活著』對於人類來說，是非常重要的事。」我稍稍停頓，「所以，我希望我能活著。」

「但你只是敷衍了事地寫上去而已吧？」

老師雙手抱在胸口，盯著我看。

我沒有回話。

「林隱逸同學，老師帶你三年了，你的狀況我很清楚。班上其他人寫活著，我都可以當成玩笑。但是你，你之所以寫活著，只是因為不知道自己要幹嘛。正確來說，是明知毫無目標，也不想去尋找，只想隨波逐流。」

我忍不住揚起嘴角。

老師是真的懂我啊。

並非找不到目標才選擇隨波逐流，而是故意放空，執意地、故意地像是水母一般漂在水裡，任由洋流帶我前進。

去哪裡不重要。

快不快樂也不重要。

我需要的只是活著。

老師咳了一聲：「林隱逸同學，老師可以問一個比較私人的問題嗎？」

我稍稍睜大了眼睛。

看在老師禮貌詢問的分上，我點了點頭。

「大部分同學都會有個目標，不管是短期的還是長期的，他們都有喜歡的事，並且能從其中找到快樂。像是考高分、練好一支舞、唱好一首歌、追到一個女朋友等等。可是老師觀察你很久了，你就像故意與任何會產生結果的投入保持距離。」

「嗯。」

「為什麼？」老師揚聲問道。

我想了想該怎麼回答，拿捏了用詞後，謹慎說道：「是因為我的運氣很差，非常非常非常差，所以我很少去追尋特定的目標。」

「是這樣啊，但人的運氣不可能永遠都很差的。」

「老師，妳不用勸我了。」我咧開嘴微笑，「現在的我很開心……好吧，就算不能說是很開心，但也過得很舒服了。」

「你要是真的開心的話就算了……」

「本來就沒有人規定每個人都要有目標吧？我對未來的方向其實很清晰，老師。」

我伸手指了指放在桌上的那張紙。

活著。

隨波逐流地活著，就是我現階段的目標了。

老師嘆了口氣，無奈地對我揮揮手。

「好吧。林隱逸同學，你已經是很成熟的人了，我再勸你也沒什麼用，可能你真的遇到過很多老師想像不到的事吧。但還是跟你說一句，在太空中失去燃料的火箭，是有可能會墜落到地球上的。

「就算你有意識地繼續飄著，環境或未知命運都有可能逼著你改變。自己加油吧。」

「嗯，謝謝老師。」

我跟老師道謝，離開了辦公室。

失去燃料的火箭，這個比喻我倒是從未想過。

邊走在回家的路上，我邊想著老師說過的話。可能我真的遇到過她完全想像不到的事，對，確實沒錯。

原本都住在西部老家的爸媽，每隔幾週都會上來臺北與在臺北讀書的我相聚。他們是職業演奏家，平常也很常北上演出。

他們只有偶爾才會去國外表演。

而我放長假時也會回到玉溪鎮，在玉溪鎮的家裡，一家三口快樂地生活著。

直到那場颱風襲來。

一切的改變，都是從七年前在老家的小鎮上，那場巨大的颱風開始。

那前所未見，無論是風速、規模或雨勢都創下了臺灣歷史新高的、強勢襲捲臺灣的颱風。

從那以後，我的人生迅速產生變化。

就像是有人強勢改寫了我的人生，在原本平靜安逸的日子裡，硬是加進無數雜亂難聽的音符，試圖打亂我的生活。

父母所在的樂團漸漸紅遍國際，他們變成幾個月才會回臺灣一次。

即使回來，也都在北部，幾乎沒時間回到西部老家。

我也在那夜之後，忽然看得到一般人看不見的存在。

那些隱藏在城市角落的陰暗，或偶爾在馬路上一晃而過的黑影。

他們沒有靠近我過，但似乎也察覺到我能看見他們。

伴隨著能看到那些東西一起到來的，還有無止境的壞運氣和不再能品嘗到味道的味覺。

以前的我運氣普普通通，就像平凡的學生，考試能猜中幾題，手游偶爾能抽中幾張稀有卡那種。

但在那天之後，只要是我想得到的東西，總像是開玩笑般跟我錯過。次數越來越多。

機率也越來越扯。

人不可能永遠衰下去，一開始我也是這麼想的。我一度懷疑，是不是上天在開我玩笑，故意惡整我。

統一發票總是差了一號。

最有把握的考試，卻因為畫錯卡而不及格。

排隊抽獎，中獎號碼被前一個人拿走。

認真努力練習畫畫好久，參加比賽的作品卻因為學校保管問題而被汙損，無法參賽。

正要跟喜歡的女生告白，卻在告白前一天聽到她親口說她的爸媽要帶她出國讀書。

諸如此類的例子發生過好多次。

有幾次真的讓我很受傷。

投入越多，失落就越大。

所以要是沒有投入，也不會有傷害了吧。

漸漸地，我對所有事物都表現得意興闌珊，到最後，甚開始自我放棄。

比起伸出手、邁開腳步追尋，隨波逐流地漂著，當一隻悠哉的水母，不也是挺好嗎？

老師是第二個跟我討論這件事的人。

而第一個，是在幾年前因緣巧合結識的人。不知道為什麼，我身上的壞運似乎一點也沒有影響到他。

我曾認真思考過原因。

或許，改寫我人生的力量，並沒有比他的存在本身更加強大吧。

光影流轉而至。

光芒透射而來。

玉溪鎮。

夏夜，晚風吹拂著我。

我打開家裡的大門，走進客廳。

在進門前就發現客廳的燈亮著，應該是林梟來了吧？

「果然……」

面對花田與群山的沿廊，拉門正打開著。

屋裡非常涼爽。

林梟斜躺在角落的抱枕堆裡，一雙長腿自若地擱在眼前的桌上，而她的手上正拎著一本書。

看到我回來後，林梟稍稍放下了書本。

「你回來了啊。」

「還能回來就不錯了……對，我回來了。」

即使回到了自己的家中，我仍有些心有餘悸。我想到要跟她說，在料亭品嘗姚令瑄做的料理時，我的味覺恢復的事。

可惜我現在沒有那個心情。

我走到廚房，倒了一杯冰綠茶再回到客廳。

不得不說，林梟出現在這裡讓我心安多了。

幸好有她。

我坐向另外一張沙發，喝了口冰綠茶。正當我要向林梟開口抱怨討拍時，她以略帶調皮的口吻說道：「林隱逸。」

「嗯？」

「姚家的女孩，現任玉溪鎮的調停人，她打贏金蟬了嗎？」

略感不快。

我把目光轉向突然迸出這句話的林梟。

姚家的女孩。

玉溪鎮調停人。

金蟬。

我瞇起眼，不太愉快地嘖了聲。

「林梟，妳本來就知道嗎？」

「當然。」

我瞬間無言。

「我雖然不是神祇，但也存在了上千年，怎麼會不知道這座歷史悠久的小鎮上有調停人呢？」

「那妳讓我去找她的理由是什麼？妳明明知道姚令瑄是調停人，跟調停人扯上關係會很危險，這些妳都知道吧？」

「我沒有讓你去找她，是你自己要去的。」林梟望著我，不疾不徐地說：「我跟你說的是，你已經離不開這座小鎮了，最好去找她。」

「這……」

「而且，你已經做出自己的決定了吧？」

「嗯……」我略帶無奈地說：「以前我跟妳提起過，七年前的那場颱風，那個讓一切變調的夜晚，姚令瑄的父母也是在那一晚消失的，我覺得這其中一定隱藏了一些事。」

「別問我，那時候我不在這裡。」林梟的聲音漸弱。她收回雙腿併攏在胸前，同時拿起桌上的冰飲。

「所以金蟬被你們打敗了嗎？」

「被姚令瑄趕走了。」

「怎麼做到的？」林梟像是非常感興趣，忍不住提高了尾音。

「姚令瑄拿出一隻小烏龜……先說啊，我完全不知道到底發生了什麼。反正，烏龜對金蟬吹出一道強風，直接把金蟬吹走了。」

憑空而生的強大氣壓直線命中金蟬，以肉眼都追不上的速度，把金蟬直接轟出了料亭大門。

搞定後，烏龜被放在吧檯上，享受著姚令瑄溫柔的撫摸。

「那是製風龜。」

林梟垂下視線，像是陷入思考似地把手指擱在唇邊。

這是林梟沉思時的招牌動作。散落在她耳畔的微捲髮絲，總是讓人很想伸手把它們整理好。

「製風龜？那是什麼？」

「跟你解釋太複雜了，牠是某種可以製造出強大風壓的傳說生物。」

什麼叫跟我解釋太複雜了啊？

林梟把側臉靠在腿上，自問自答似地呢喃：「或許，我該去見見她。」

「妳沒見過她？」

「看過是看過，但我沒有跟她說過話，她也不認識我。」

「喔……那妳為什麼想去見姚令瑄？」

「有點好奇而已。」

「才怪……」我把水杯放到桌上，想了想，乾脆走到林梟面前，「妳這傢伙是不是又隱瞞我什麼了？」

「我說沒有你會信嗎？」林梟露出狡黠的表情。

她把下顎靠在膝蓋上，雙手抱住大腿，由下往上看著我。就像刻意示弱似地，她無辜地眨了眨眼睛。

我差點翻了個白眼。

「不信，不管怎麼說都不信。」

「嘿，那你問幹嘛？」

「我只是抱著一絲妳會說實話的期待好嗎？」

「我有沒有隱瞞並不重要。」林梟悠然地說：「人啊，只有自己找到的東西才有價值。」

「好啦好啦，不想說就別說。我本來就打算跟姚令瑄去找當年的真相了。」

我回頭坐回矮木桌邊。

不管真相是什麼，不管誰才是幕後的始作俑者，我都一定要讓這件事水落石出。

那個颱風夜改寫了我的人生，讓我從此失去了運氣和味覺，失去了許多寶貴的東西與重要的人。

也讓姚令瑄失去了雙親。

從遙遠的群山一路穿過稻田與花田，最後從沿廊湧進屋內的清風十分涼快。

一時半會的寂靜，我閉起眼睛，稍作休息。

「對了，林隱逸，你為什麼答應姚令瑄的邀請啊？」

「妳以為用輕鬆的語氣問這種話，我就會放鬆戒心告訴妳嗎？」

「嘖，你最近越來越提防我了。」

「那還不是因為妳前科太多。」我擺出嘲諷的表情，對咬牙切齒的林梟說道：「人啊，只有自己找到的東西才有價值。」

林梟可能是想不出如何反擊，她把抱枕朝我丟了過來。

今天發生了好多事。

幸好，我還活著。

「林梟，要不要喝咖啡？」

「好啊，換你選豆子。」她繼續專注在手裡的書本，隨口應道。

我站在那幾包咖啡豆前，一邊想起剛才在料亭品嘗到的美味，一邊想著等一下喝咖啡的時候再跟林梟說吧。

最後我沒有選前幾天常喝的瑰夏，而是拿起了口感溫潤的薇薇特南果。

換個口味試試吧。

隔天下午，我帶著兩杯冰咖啡前往料亭。

之所以下午出發，是因為姚令瑄說料亭的營業時間是在晚上。大部分的客人都是等到夜幕降臨後，才會前往料亭享用美食。

考慮到她的顧客大多很「特別」，這倒也十分合理。

傳承百年的料亭白天看起來有些年代感，外牆因為大量使用木頭原料的關係，長久的歲月在表面留下了許多痕跡。

門外的竹子更增添了此處的清雅氣息。

整體偏素的顏色在整條街上十分不起眼，卻很有格調。

那幅寫著「料亭」兩個字的招牌，在夕陽的照耀下，染上了橘紅色的光彩。

拉開拉門後，門邊傳來清脆的風鈴聲。

今天姚令瑄穿著輕盈的粉色T恤，而帶著冷色的長髮用髮圈圈成一束馬尾，正站在料理臺後方切著東西。

我走進一看，發現是一條魚。

她好像還欠我一道烤魚……不，正確來說，是欠我很多東西。

我們最後的協議，是她每週要為我煮一次料理。

能吃到她親手煮出來的美食，說實話也是我繼續待在這裡的動力之一。

我坐在吧檯上，把一杯冰咖啡遞給她。

「晚上有客人？」

「有一個約好要來討論事情的客人。」

「調停？」

「算是。」姚令瑄簡潔地說著。她正按住那條不知名的魚身，右手俐落使用著魚刀。斜長的刀刃劃過魚身，飽滿的魚肉彷彿吹彈可破。

我看著她的動作，忍不住問道：「這是什麼魚啊？」

「野生海鱸魚。」

「嗯，聽起來就很好吃。」

「就只想到吃……但沒錯啦，海鱸魚的油脂分布均勻，魚肉彈滑。用清蒸的方式，就能把細膩的肉質和鮮味都煮出來，滿多客人喜歡的。」

「嗯嗯。」

我喝著咖啡，看著穿透門簾映入室內的夕陽。

臨近夕陽的時分，料亭外偶爾會傳來行人的聲音。有人聲，這裡就顯得不那麼寂寥了。

「吶，姚令瑄。」

「怎麼了？」

「那隻金蟬……牠後來怎麼了？」

「呃……製風龜吹出的風會依照心情決定強弱，昨天小龜看到我被威脅，還看到那隻金蟬暴力闖入，所以我不確定金蟬會被吹到哪裡，有可能一路飛到海岸山脈了吧。」

「海岸山脈……妳認真嗎？」

「對啊。」姚令瑄持續切著野生海鱸魚，輕快地說道。

對於身為玉溪鎮調停人的她來說，像昨天那樣遭遇妖怪闖上門，一定不是第一次了。反正製風龜還在，今天晚上我也不必過多擔憂。

這時，姚令瑄忽然停下動作，像是想起什麼似地開口：「說到這個。」

「嗯？」

「今天晚上的客人，好像跟那隻金蟬有關。」

「什麼關係？」

「我也不知道，我的情報來源只說到這裡。」姚令瑄把幾塊魚肉放在盤子上，從料理臺裡遞了出來。

「幹嘛？」

「林隱逸，你很閒吧？」

「我正在忙著滑手機。」

「少在那邊。這些魚幫我拿出去餵給燕子，牠們正在外面等著。」

「……好吧。」

看來燕子也是姚令瑄的朋友。

我拿著魚肉走到料亭外，幾隻燕子正在料亭屋頂上盤桓。

我把盤子放到地上，只見牠們迅速而整齊地飛下來，叼走魚肉。

夕陽的光輝漸漸消散。

影子變得極長，天色也逐漸變暗了。

這時，街道的彼方走來了一個人。

他是一名中年男子，穿著不合時宜的漢服，拖著長長的衣襬，在街道上十分顯眼。

然而，他身邊的人卻好像都沒有看到他。

我猜，他大概就是今天晚上的客人了吧。

我邊這麼想，邊回到料亭內。

一個人待在外面果然還是會怕啊。

不知不覺，料亭內點起了溫暖的燈光，霧面材質的燈箱也發出了不刺眼的光芒。

「客人來了。」

「好，我也差不多準備好了。」

「妳要跟他協商對嗎？我能做什麼？」

「嗯……好吧，林隱逸，首先你的任務是——倒一杯麥茶招待他。」

姚令瑄指指桌上的麥茶。

我還來不及回應，風鈴聲便傳入耳內。

那位穿著漢服的客人走了進來。

姚令瑄突然探前上半身，附在我的耳邊輕輕開口。她身上隱約傳來一股若有似無的清新香氣。

「忘記跟你說。」

「嗯？」

「只要客人接下麥茶，就視為接受我們的招待，在料亭內就無法對我們動手了。」

「什麼？」

「這是古老的規矩，沒有人可以違背。」

姚令瑄說話時，口中吐出的氣音讓我的耳朵覺得有點癢。

一股淡淡的大自然氣息隨著她的靠近飄向我。

「我們一般對『他們』自稱『妖怪料亭』，去吧。」她推了我一下。

我往前一站，有些拘謹地開口——

「歡迎光臨，妖怪料亭。」

妖怪料亭，玉溪鎮上最好的料亭。

這裡的料理人，同時也是妖怪與人類溝通的橋梁。

現在的我，負責從旁協助著當代的調停人——姚令瑄。

從今天開始，我不再只是過客了。

——《妖怪料亭01》完

後記
M O N O N O K E R Y O T E I

Author.微混吃等死

這次的故事，是混吃第一次寫非現實的故事。

心裡出現的是碧海藍天，與無盡得彷彿能一直延續下去的熾熱夏日，就像學生時期的暑假一樣。

美好而單純的日子。

我們可以窩在房間裡耍廢，無憂無慮地享受青春。

而妖怪與不平凡的存在，可以延伸出許多故事。

我心裡想寫的小鎮，民風淳樸，靠近大自然，隱身於世界中，卻又立於世界之外，聽起來，是不是就會有很多妖怪與特別的存在在鎮上生活呢？

因此，這個故事出現了。

玉溪鎮也出現了。

說來慚愧，混吃身為作者，用文字表達想法的能力一直欠佳。一路走來，進步始終不是很多。

無奈無奈。

這本書的製作過程，十分感謝責任編輯與相關的工作人員。沒有他們的辛苦付出，這本書就無法順利出版。

講一個小故事好了。

可能是因為混吃常常在各種地方提到與責編的討論，為了做出更好的作品，每一個人都在努力著。

曾經有一個作者問過我，編輯給的意見大概是什麼、會討論什麼樣的東西。

混吃聽到的第一時間，有點傻眼。

這代表那個作者幾乎不曾收到過編輯的建議與反饋。

即使他可能出過很多書了。

從編輯對作品的把關與修改意見，就可以看出編輯的用心程度。

混吃也很老實地說，如果沒有責任編輯，混吃很多書都會變得比較不好看。

快要江郎才盡的混吃有時候可以疊出很高的積木，但也常常積木沒疊幾塊就倒了。

筆力始終需要進步。

多虧了責編的協助，積木才可以穩定往上疊，疊出精彩的作品。

從編輯的用心程度，也能看出三日月書版在原創上的努力。《妖怪料亭》這本書的製作過程，真的十分感謝編輯與相關工作人員。

希望這個系列能讓大家喜歡。

這個系列可能跟過往緊扣迷茫和成長的主題不太一樣。混吃也想跟大家說說，從《迷途》到現在也三年了。

如果算上《點偵》，時間就更久了。

迷茫依舊。

青春依然。

傷感如故。

我們還是在旅行的路上，

只是我們這次走向陽光而美好的地方了。

FB & Instagram & Youtube 都能找到野生的微混吃等死。

想看混吃說話ㄉ話追蹤一波。

求 CARRY。

高寶書版集團
gobooks.com.tw

輕世代 FW350
妖怪料亭01

作　　者　微混吃等死
繪　　者　iren
編　　輯　任芸慧
校　　對　林雨欣
美術編輯　彭裕芳
排　　版　彭立瑋

發 行 人　朱凱蕾
出　　版　英屬維京群島商高寶國際有限公司臺灣分公司
　　　　　Global Group Holdings, Ltd.
地　　址　臺北市內湖區洲子街88號3樓
網　　址　www.gobooks.com.tw
電　　話　(02) 27992788
電　　郵　readers@gobooks.com.tw（讀者服務部）
　　　　　pr@gobooks.com.tw（公關諮詢部）
傳　　真　出版部　(02) 27990909　行銷部 (02) 27993088
郵政劃撥　50404557
戶　　名　三日月書版股份有限公司
發　　行　三日月書版股份有限公司/Printed in Taiwan
初版日期　2021年 2 月
二刷日期　2021年 3 月

國家圖書館出版品預行編目(CIP)資料

妖怪料亭/微混吃等死著. -- 初版. -- 臺北市：英屬維京群島商高寶國際有限公司臺灣分公司, 2021.02-
冊；　公分. --

ISBN 978-986-361-978-9(第1冊：平裝)

863.57　　109020799

三日月書版

三日月書版

GOBOOKS
& SITAK
GROUP©

GOBOOKS
& SITAK
GROUP©